Andreas Schlüter
Die Mega-Stars
Kurierdienst Rattenzahn

D1874913

Andreas Schlüter, geboren 1958, gilt als Senkrechtstarter im Kinderbuchbereich. Er ist freier Autor und arbeitet außerdem als Journalist in einem Hamburger Medienbüro sowie für verschiedene Fernsehsender. Seinen Erfolg hat er vor allem seinen Computerkrimis aus der Reihe ›Level 4‹ zu verdanken, die bei dtv junior im Taschenbuch lieferbar und aus dem Programm inzwischen nicht mehr wegzudenken sind. ›Die Mega-Stars‹ ist der dritte Band der erfolgreichen Krimi-Serie um die Schüler Tina, Tasse, Lars und Mischa vom ›Kurierdienst Rattenzahn‹.
Weitere Titel von Andreas Schlüter bei dtv junior: siehe Seite 4

Andreas Schlüter

Die Mega-Stars

Kurierdienst Rattenzahn

Deutscher Taschenbuch Verlag

Von Andreas Schlüter sind außerdem bei dtv junior lieferbar:
Heiße Spur aus Afrika, dtv junior 70430
Level 4 – Die Stadt der Kinder, dtv junior 70459
Der Ring der Gedanken, dtv junior 70475
Achtung, Zeitfalle!, dtv junior 70538
Die Fernsehgeisel, dtv junior 70660
UFO der geheimen Welt, dtv junior 70697
Die Rollschuh-Räuber – Kurierdienst Rattenzahn, dtv junior 70713
Ein Teufelsbraten – Kurierdienst Rattenzahn, dtv junior 70768

Ungekürzte Ausgabe
In neuer Rechtschreibung
Juni 2003
Deutscher Taschenbuch Verlag GmbH & Co. KG, München
www.dtvjunior.de
© 1998 Altberliner Verlag, Berlin · München
Umschlagkonzept: Balk & Brumshagen
Umschlagbild: Karoline Kehr
Satz: Fotosatz Reinhard Amann, Aichstetten
Gesetzt aus der Bembo 11/13,25'
Druck und Bindung: Druckerei C. H. Beck, Nördlingen
Printed in Germany · ISBN 3-423-70779-8

DER KURIERDIENST RATTENZAHN:

MARTINA KOWALSKI,

13, genannt Tina, ist mit der Familie nach Berlin gezogen und für manche ein bisschen zu sehr ausgeflippt. Trägt ständig neue Haarfarben. Neben ihrer Ratte liebt sie vor allem Bücher, insbesondere Kriminalgeschichten.

LARS DRÄGER,

13, ein echter (West-)Berliner. Lars mag alles, was neu und ›in‹ ist. Lernen ist ihm ein Gräuel, für jede Art von Action dagegen ist er sofort Feuer und Flamme und schmilzt förmlich hin, wenn es um Eiskrem geht.

MISCHA GRABOW,

13, kommt aus Ostberlin. Lars' bester Freund. Seine Leidenschaft ist das Schlagzeugspielen. In seiner Schule nimmt er kostenlosen Unterricht. Wenn ihm kein Schlagzeug zur Hand ist, behilft er sich damit, auf allem herumzutrommeln, was ihm in die Quere kommt: Einkaufswagen, Mülleimer, Kochtöpfe ...

ANASTASIA CHRISTODOPOULOS,

12, von allen einfach ›Tasse‹ genannt. Sie ist eine in Deutschland geborene Griechin. Sie interessiert sich besonders für die Naturwissenschaften, weiß aus diesem

Grund auch mit Papis leistungsfähigem Computer umzugehen, mit dem sie selbstverständlich auch in den Datennetzen herumsurft.

UND

DOKTOR WATSON,

genannt Watson, 1,5 Jahre alt, ist Tinas weiße Ratte (mit dunklem Kopf). Ein ziemlicher Angsthase. Er besitzt einen wunderschönen, stets sauberen, goldenen Käfig, ist dort allerdings nur selten anzutreffen. Watson wohnt, tobt und räkelt sich am liebsten auf Tinas nackter Haut.

AUS DER TRAUM!

Weißer Rauch quoll aus den Nebelmaschinen. Grelle Spotlights zuckten durch die Halle. Ein Presslufthammer-Rhythmus ließ den Boden vibrieren und gab den Takt an für Hunderte emporgestreckter, klatschender Hände. Aus bunt gefärbten Haaren tropften Schweißperlen über geschminkte Gesichter, umschifften Nasenringe und platschten auf zerrissene T-Shirts oder hautenge Bodys, Netzunterhemden und andere bizarre Stofffetzen, die an verschwitzten Leibern klebten, welche sich in der Dunkelheit beugten, krümmten und ekstatisch aneinander stießen.

Mischa legte alles, was er je am Schlagzeug gelernt hatte, in dieses kurze, aber heftige Solo. Es war sein Auftritt. Die Anspannung der vergangenen Wochen fiel von ihm ab wie eine unerträgliche Last. Er war lockerer, als er je im Übungsraum gewesen war. Alles hatte er vergessen in den vergangenen Wochen. Die Schulaufgaben waren in der Ecke liegen geblieben, mit Freunden hatte er sich kaum noch getroffen und selbst den Kurierdienst Rattenzahn, den er mit Lars, Tina und Tasse betrieb, hatte er stark vernachlässigt.

Dabei war der Kurierdienst ursprünglich nur gegründet worden, damit Mischa sich das Schlagzeug kaufen konnte. Dieses zwar gebrauchte, mehr als 15 Jahre alte, aber ungeheuer gute Schlagzeug, auf das jetzt alle Spots gerichtet waren.

Mischa hatte in den vergangenen Wochen an nichts anderes mehr denken können als an dieses Konzert, an diesen Wettbewerb. Vier bis fünf Stunden hatte er pro Tag in den Kellerräumen der Schule verbracht, in denen er und die anderen vier Bandmitglieder mit Hilfe des Hausmeisters einen Übungsraum eingerichtet hatten.

Lars, Tina und Tasse hatten Mischas mangelndes Engagement für den Kurierdienst billigend in Kauf genommen. Sie wussten, wie wichtig dieser Wettbewerb für Mischa war. Sein erstes Konzert mit dem eigenen Schlagzeug!

Alle Mühen hatten sich gelohnt: Mischas Traum war in Erfüllung gegangen. Seine Band hatte gewonnen. Zunächst den Wettbewerb der Friedrichshainer Schulbands, dann den Gesamtberliner und jetzt den großen Amateur-Rockgruppen-Wettbewerb von Berlin und Brandenburg. Alles in allem hatten 150 Gruppen an diesem gigantischen Wettbewerb teilgenommen. Nur eine war übrig geblieben und hatte den großen Preis geholt: Mischas Schulband durfte in der nächsten Woche in der Waldbühne als Vorgruppe der Mega-Star-Gruppe Ching Chang Chong spielen. Vor 20 000 Zuschauern! Das Konzert war seit Wochen ausverkauft.

Jetzt spielte Mischas Band als Gesamtsieger noch eine Zugabe, in der es nur noch darum ging, den Triumph voll und ganz auszukosten. Mischa schwitzte, konnte kaum noch atmen, aber er legte ein Solo auf die Drums, das sich hören lassen konnte. Er trommelte wie in Trance.

Er wusste nicht, wie lange er schon allein den Saal zum Kochen brachte. Aus der Ferne hörte er das rhythmische Klatschen der knapp tausend jugendlichen Zuhörer, die begeistert dem dumpfen Pochen seiner Bass Drum folgten.

»Wirklich spitze!«, schrie Tina zu Tasse hinüber, die nur einen Meter neben ihr stand.

Tasse nickte heftig. »Ja, furchtbare Hitze!«, rief sie im Lärm der Halle zurück.

Tina lächelte über das Missverständnis, rückte noch näher an ihre Freundin heran, griff sich ihren Kopf und brüllte ihr ins Ohr: »Wirklich spitze, was Mischa da spielt!«

Tasse hielt sich das schmerzende Ohr. »Deshalb brauchst du ja nicht gleich so zu schreien!«, beschwerte sie sich.

Doch das hatte Tina wiederum nicht verstanden. Es war einfach nicht möglich, sich innerhalb der Halle zu unterhalten.

Watson, Tinas weiße Kapuzinerratte mit schwarzem Kopf, wuselte auf ihrer Schulter herum, als verfolgte man ihn mit Elektroschocks. Dieser Krach war für die Ratte einfach zu viel.

Und es wurde noch schlimmer. Pit, der Bassist, setzte ein, womit Mischas Solo beendet war. Die tausend Zuhörer johlten und kreischten, pfiffen und schrien, klatschten und trampelten mit den Füßen, dass das Trommelfell nur so pulsierte.

Mischa, auf den noch immer alle Spots gerichtet waren, stand kurz auf, sonnte sich in dem tosenden Beifall seiner glanzvollen Darbietung, setzte sich wieder, nahm den Rhythmus des Bassisten auf, nickte Ole, dem Gitarristen, zu, der mit einem harten Break Schlagzeug und Bass zum Schweigen brachte, mit drei, vier Takten ein altes deutsches Wanderlied zitierte, auf E endete, mit einem kurzen Fußtritt das Delay des Multieffekt-Gerätes einschaltete und damit den Ton hielt und hielt und hielt, den Zwischenbeifall für diese Leistung im Umgang mit der Technik cool abwartete, schließlich mit der Distortion-Fußtaste den anhaltenden Ton bis zur Unkenntlichkeit verzerrte, mit einem Kopfnicken Mischa das Zeichen zum Wiedereinstieg gab, dem auch Pit folgte, während sich Ole tanzend zum Mikrofon bewegte, hineingrölte und damit wieder im alten Rhythmus gelandet war.

Der Saal kochte. Die Spots schwenkten durch die Halle wie Suchscheinwerfer der Polizei, das Bühnenlicht wechselte die Farben wie ein buntes Feuerwerk.

Sandra, die Sängerin, sprang aus dem Bühnenhintergrund hervor, wo sie kurz verschnauft und zwei Flaschen Selters auf Ex getrunken hatte, rannte auf Ole zu, hielt sich ihr eigenes Mikrofon so dicht vor den Mund, als wollte sie es mit einem einzigen Haps verschlingen, und ließ ihre wunderbare Röhre durch den Saal dröhnen. Sie waren wieder drinnen in ihrem Stück, das Mischa durch sein Solo um einige Minuten verlängert hatte.

Vor der Bühne gab es kein Halten mehr. Irgendjemand hatte damit begonnen, alle – ob sie wollten oder nicht – mussten nun mitmachen. Zwei Meter vor der Bühne ging der Pogo ab, dass sich die Balken bogen. Wer jetzt nicht rechtzeitig das Weite gesucht hatte, war selber schuld. Im Saal fetzte der härteste Punk von der Bühne, der je in dieser erlauchten Gesamtschulaula mit dem Flair eines Hochsicherheitstraktes heruntergehämmert worden war.

Tina wäre gern noch geblieben, aber mehr Lautstärke durfte sie ihrem Liebling Watson nicht zumuten. »Ich warte draußen!«, schrie sie.

Lars nickte ihr heftig zu. Sie war sicher, dass er sie nicht verstanden hatte. Sein Kopfnicken galt der Musik. Zuckend schoss Lars an ihr vorbei, rammte seinen Vorderleuten die Ellenbogen in die Seite, drängelte sich auf diese Weise Meter um Meter vor, bis er endlich ins vordere Drittel des Saales vorgedrungen war, aus dem andere panisch flohen. Lars wollte im Zentrum des Pogos mittoben.

Tina wandte sich an Tasse, sparte sich jetzt allerdings die Worte, zeigte nur auf Watson und nickte mit dem Kopf Richtung Ausgang. Tasse verstand und drängelte sich hinter Tina aus dem Saal heraus.

Draußen vor der Tür würgte ein blasses Pickelgesicht seinen Mageninhalt in den Schulmülleimer.

»Der hatte wohl mehr Rum als Cola in seiner Limoflasche«, lästerte Tasse. Sie konnte es sich nicht verkneifen, auf den armen Wicht zuzugehen. Der erhob sich gerade aus seiner gekrümmten Haltung, schnappte erschöpft nach frischer Luft und suchte in der Hosentasche nach einem Taschentuch, als Tasse ihn gehässig fragte: »Ey Alter, ich hab noch ’nen halben Liter Weinbrand im Rucksack. Trinkst du einen mit?«

Das Pickelgesicht färbte sich von Kalkweiß in Schimmelgrün, hängte sich sofort wieder über den Eimer und spuckte auch noch seine Galle hinein.

Tasse kehrte zufrieden zu Tina zurück.

»Du bist gemein«, fand Tina.

Tasse winkte ab. »Ich kann Alkohol nun mal nicht ausstehen. Da müssen solche Späße hin und wieder sein bei Typen, die sich für obercool halten, weil sie saufen.«

»Na hör mal!«, wunderte sich Tina. »Deine Eltern schenken in ihrem Restaurant den Ouzo hektoliterweise aus und du machst so einen Zinnober wegen des Alks?«

»Vielleicht deshalb!«, gab Tasse zurück.

Tina pflückte Watson von der Schulter, streichelte ihm über den Körper, der noch immer zitterte wie ein Aal an der Angel. Tina und Tasse gingen einen großen Bogen um die Aula herum, setzten sich auf einen Betonblumenkasten, in dem drei verdörrte Äste aus einer Getränkedosen-Mülldeponie heraus stumm um Hilfe schrien. Von hier aus hatten die Mädchen den Hinterausgang im Blick, aus dem Mischa und seine Band irgendwann die spärliche Musikanlage ihrer Schule herausschieben würden. Tina und Tasse wollten beim Einladen der Instrumente ins Auto ihres Hausmeisters helfen.

Tasses Uhr zeigte 21.35. Lange würde es nicht mehr dauern, bis Mischa und die anderen kamen. Um 22.00 Uhr musste die Veranstaltung beendet sein. Und darunter verstand der Hausmeister dieser Schule, dass die Aula um spätestens 21.55 Uhr nicht nur leer, sondern aufgeräumt und besenrein übergeben wurde. Der Graukittel kannte keine Kompromisse, wenn es um seinen Feierabend ging. Mischa konnte von Glück reden, dass der Amtskollege an *seiner* Schule eine vollkommen andere Berufsauffassung hatte und der Schülerband sogar zum Übungsraum verholfen hatte.

Schon zerstörte drinnen das grelle, hässliche Behörden-Neonlicht die ekstatische Atmosphäre der zuckenden Lightshow. Der Hausmeister hatte das Licht angeknipst. Die Hände in die Hüfte gestützt, erwartete er nun, dass tausend Jugendliche in Ehrfurcht erstarrten, die Band abrupt verstummte, die Putzkolonnen im Blitztempo ihre Arbeit verrichteten und alle zusammen sich dorthin verpieselten, wo sie hingehörten – weit weg von dieser Schule.

Der Hausmeister wusste, dass sich die Zeiten geändert hatten. Deshalb ließ er schon freiwillig die Hoffnung fallen, die Anwesenden würden sich Händchen haltend, in Zweiergruppen aufgestellt, ruhig und gesittet aus dem Raum bewegen, während der Veranstalter vor lauter Dankbarkeit vor dem Hausmeister auf die Knie fallen würde.

Aber vor ihm tat sich gar nichts. Also, es tat sich natürlich eine ganze Menge, aber nichts, was darauf schließen ließ, dass die hopsenden Rotzlöffel mit den bunten Haaren, der zerrissenen Kleidung und dem seltsamen Schmuck in Nasen und Lippen auch nur entfernt daran dachten, in Kürze den Weg nach Hause anzutreten.

»Wat denn, wat denn?«, rief der Hausmeister ärgerlich in die Menge hinein. »Jlobt ihr denn, ick mache det Licht an, um die Birnen zu prüfen? Hier is Sense, jetze! Feierahmd!«

Er musste feststellen, dass ihn niemand gehört hatte.

Etwa ein- oder zweihundert Jugendliche stampften wie eine wilde Büffelherde unmittelbar vor der Bühne von der linken Seite auf die rechte und zurück. Weiter hinten, also direkt vor dem Hausmeister, hockten zig Mädchen auf den Schultern ihrer Freunde, klatschten dabei fröhlich in die Hände und wackelten mit dem Kopf, als wollten sie testen, wie fest er noch mit dem Hals verwachsen war.

Hinten an der Wand hatte sich eine Stange Punks auf die Heizung gefläzt wie eine Horde Hühner in der Legebatterie.

Sie soffen Bier aus Dosen, zerdrückten diese nach erfolgreicher Entleerung mit den Händen wie Autos in der Schrottpresse und kickten sie dann mit einem Enthusiasmus in hohem Bogen durch den Saal, als würde ohne ihre Mithilfe Hertha BSC sofort aus der Liga wieder absteigen.

»Det is hier ja der letzte Schweinestall!«, schrie der Hausmeister mit hochrotem Kopf gegen den Lärm an. Sein Gebrüll zeigte in etwa so viel Wirkung, als würde man einen Zeigefinger auf die gespitzten Lippen legen, um einen startenden Düsenjet um Ruhe zu bitten. »Jetze ha' ick aba die Schnauze jestrichen voll!«, brüllte er und stampfte wutentbrannt aus dem Saal.

Zwei Minuten später war alles dunkel. Keine Lampe funktionierte mehr, die Gitarren verstummten, die Sängerin war nicht mehr zu hören, der Bass war weg. Nur Mischas Schlagzeug war irgendwo weit hinten leise wahrzunehmen.

Der Hausmeister hatte den Strom abgedreht.

Ein schrilles Pfeifkonzert tobte durch den Saal.

Hunderte Feuerzeuge und wenige Taschenlampen blitzten auf.

Zwei Angestellte des Veranstalters, mit Funkgeräten

und Taschenlampen ausgerüstet, wuselten hektisch durch die dunkle, pfeifende, wabernde Masse, um so schnell wie möglich den Hausmeister zu beruhigen und ihm unmissverständlich klar zu machen, dass der schöne Amateurrock-Wettbewerb, der sogar unter der Schirmherrschaft des Kultursenats stand, augenblicklich in eine handfeste Massenschlägerei ausarten würde, wenn dieser fanatische Ordnungshüter im Graukittel weiterhin seinen Dickschädel durchzusetzen versuchte.

Tina und Tasse draußen horchten auf, als sie das Pfeifkonzert hörten.

»Du, da drinnen geht irgendwas ab!«, stellte Tina fest. Sie sprang auf, blieb dann aber doch unschlüssig stehen. *Sollte sie wieder in den Saal hineinlaufen oder lieber weiter hier draußen auf Mischa warten?*

Das Pfeifen riss nicht ab. Im Gegenteil, es wurde ergänzt durch ein lautes Getöse. Es schepperte. Etwas schien gegen die Wand zu knallen.

Tasse spitzte die Ohren. Sie brauchte nur einen Augenblick zuzuhören, dann stand für sie fest: »Da gehen Stühle zu Bruch!«

»Au backe!«, rief Tina. »Volle Randale. Und Lars und Mischa mittendrin!« Keine Frage: Was auch immer dort drinnen passierte, solange Freunde von ihr darin verwickelt waren, musste sie hinein!

Tasse hielt Tina fest. »Wir schauen nur!«, machte sie zur Bedingung. »Verhindern können wir die Randale ohnehin nicht. Nur gucken, ob wir Lars sehen.«

Tina nickte. Sie verspürte auch keine Lust, bei einer handfesten Schlägerei mitzumischen.

Tina und Tasse rannten wieder um die Aula herum, zurück zum Haupteingang. Watson schoss wie ein geölter Blitz zu Tinas Bauch und wollte sich verkrümeln, fand aber keinen geeigneten Platz. Er hasste diese modischen, kleinen Tops, die Bauch und Hüfte ihrer Trägerin frei ließen.

Tina und Tasse waren kaum an der Tür angekommen, als zwei junge Erwachsene in schwarzen T-Shirts – mit Funkgeräten und Taschenlampen ausgerüstet – die beiden Mädchen rüde beiseite stießen.

»Ey, du Klapskalli!«, beschwerte sich Tasse bei dem ersten, der sie besonders heftig angerempelt hatte. »Dich haben sie wohl im Reagenzglas zusammengeschüttelt! Kannste nicht aufpassen?«

Der Mann hatte überhaupt kein Ohr für Tasse. Jetzt sah sie, dass die beiden Männer den Hausmeister im Schlepptau hatten.

»Nun haben Sie den Salat!«, fauchte der zweite Mann den Hausmeister an. »Weil Sie die Sicherung rausgedreht haben, ist jetzt die feinste Saalschlacht im Gange!«

Der Hausmeister wehrte sich mit ausufernden Handbewegungen dagegen, zurück in den Saal geschleppt zu werden. »Das ist ein Fall für die Polizei!«, war er sich sicher.

»Sind Sie wahnsinnig?«, schrie ihn der erste Mann an. »Dann geht es hier erst richtig ab. Hier sind mindestens 50 Punks aus Kreuzberg dabei. Was meinen Sie, was die für einen Bock auf die Bullen haben!«

»Det interessiert mich nich!«, beharrte der Hausmeister. »Bei 'ner Prügelei in meener Aula kommt de Polizei, det sach ick Ihnen!«

Der zweite der Schwarz-T-Shirt-Träger hatte jetzt den Kanal gestrichen voll. Wütend packte er den Graukittel am Kragen, schüttelte ihn durch, als wollte er Fallobst ernten und brüllte dem gut einen Kopf kleineren Hausmeister ins Gesicht: »WANN HAST DU EIGENTLICH DAS LETZTE MAL MIT JUGENDLICHEN ZU TUN GEHABT? WILLST DU HIER DEN BÜRGERKRIEG PROBEN ODER WAS, DU KASPER! DREH SOFORT DIE SICHERUNG WIEDER REIN, ABER DALLI!«

Tina und Tasse hatten mit offenem Mund die Auseinandersetzung verfolgt. Jetzt wurde ihnen die Situation zu heftig. Es fehlte noch ein einziges falsches Wort und die drei würden sich auch noch prügeln statt der Saalklopperei ein Ende zu setzen.

»ICK DENKE NICHT DARAN!«, entgegnete der Hausmeister stur. »ICK RUF JETZE DIE POLIZEI!«

Tasse piekste Tina in die Seite und gab mit Kopfnicken das Zeichen zum Weitergehen. Tina folgte ihrer Freundin. Beide gingen durch die Tür, als ihnen prompt Lars in die Arme lief.

»Scheiße!«, hechelte er aufgeregt. »Ruf mal jemand einen Krankenwagen! Da liegt schon einer blutend auf dem Boden!«

Ordner Nummer eins stieß den Hausmeister mit einem kräftigen Ruck von sich fort. »Da hast du's, Arschgesicht!« Hastig hielt er sich das Funkgerät vor den Mund, drückte eine Taste und rief. »Hallo, Sanis, hört ihr mich?«

Aus dem Funkgerät krächzte und piepte es. Der Ordner wandte sich an Lars: »Wo liegt er?«

Lars verstand nicht so schnell.

»Der Blutende!«, half der Ordner genervt nach. »In welchem Bereich liegt er?«

»Äh!«, machte Lars. »Da vorne! Vor der Bühne!«

»Genauer!«, raunzte der Ordner Lars an.

Lars zuckte zusammen, überlegte, wie er den Bereich genauer beschreiben sollte.

Aus dem Funkgerät meldeten sich die Sanitäter unter lautem Rauschen.

»Ein Verletzter im Bühnenbereich!«, gab der Ordner durch. »Genauer Standort folgt sofort.«

»Gib dir keine Mühe!«, kam es aus dem Funkgerät zurück. »Es ist stockdunkel in der Halle. Wir können nichts machen, solange ihr nicht endlich wieder das Licht anmacht! Was meinst du, was hier los ist!«

»Scheiße!«, fluchte der Ordner. »Da siehst du, was du angerichtet hast, du Idiot!« Die letzten Worte waren für den Hausmeister bestimmt, die ihn aber nicht mehr erreicht hatten. Suchend sah der Ordner sich nach dem Hausmeister um. »Wo ist dieser verdammte Sack?«, schnaufte er. Sein Kollege zuckte mit den Achseln. »Verduftet!«

Aus dem Funkgerät krächzte der nächste Hilferuf: »Was ist denn mit dem Licht? Lange kann ich die Anlage hier nicht mehr schützen!« Trotz des Rauschens, Piepsens und Krächzens war deutlich zu hören, dass der Gesprächsteilnehmer am anderen Ende sich mit Händen und Füßen gegen irgendwelche Angreifer wehren musste.

»Such du den Sicherungskasten«, befahl der Ordner seinem Kollegen. »Ich schnappe mir jetzt diesen Katastrophentypen von Hausmeister.«

Er musste nicht lange suchen. Mit einem zufriedenen Grinsen kam der Graukittel um die Ecke. »In wenigen Minuten ist die Polizei da. Det wird ein teurer Spaß für euch, det kann ick euch flüstern!«

»Herr, schmeiß Hirn vom Himmel!«, seufzte der Ordner resigniert. Warum hatte ausgerechnet er immer mit den dümmsten Hausmeistern der Republik zu tun?

»Ah, da ist sie ja schon!«, freute sich der Graukittel. Vom Schulparkplatz her zuckte blaues Licht durch die Abenddämmerung. Im nächsten Moment war bereits das dumpfe Stampfen schwerer Kampfstiefel zu hören. Die Polizei war tatsächlich mit einer halben Hundertschaft in Kampfanzügen mit Helmen, Schildern und Schlagstöcken angerückt. Offenbar hatte der Hausmeister nicht vom Ärger während eines Schulband-Wettbewerbes, sondern von der unmittelbar bevorstehenden Revolution durch Kreuzberger Punks berichtet. Dabei hätte es genügt, einfach nur den Strom wieder einzuschalten!

»Was ist denn nun mit dem Verletzten?«, fragte Lars besorgt nach.

Der Ordner hob kurz die Schultern. »Frag den Blockwart hier! Denn von Verletzten wird es hier gleich nur so wimmeln.«

»Zeit zum Verpissen!«, zischelte Tasse Tina ins Ohr. Das Gefühl hatte Tina auch. Sie gab Lars einen Wink und die drei machten sich auf den Weg zum Seitenausgang, an dem sie auf Mischa warten wollten.

Die Polizeiarmee drängelte sich durch die Glasdoppeltür am Eingang, während der Einsatzleiter sich mit dem Hausmeister besprach.

»Achtung!«, warnte der Ordner durchs Funkgerät. »Polizei im Anmarsch. Gleich wird's heftig. Bringt in Sicherheit, was ihr packen könnt!«

Der Hausmeister rieb sich zufrieden die Hände. Wenn es nach ihm gegangen wäre, dann hätte diese Veranstaltung ohnehin nicht an *seiner* Schule stattgefunden. Sie hätte überhaupt nirgends stattgefunden. Ihm gingen diese arbeitsscheuen Halunken mit den bunten Haaren, die an jedem Bahnhof herumstreunten und bettelten, ohnehin gegen den Strich. Es wurde Zeit, dass endlich jemand die Initiative übernahm und mit diesem Pack aufräumte. Je mehr der Hausmeister sich in seinen Wahn vertiefte, desto stolzer wurde er, dass *er* es war, der diese Aufräumarbeit in die Hand genommen hatte.

Der Einsatzleiter gab dem Hausmeister ein Zeichen, worauf der feixend zum Stromkasten lief, das grelle Licht wieder anknipste und sich beeilte in den Saal zu kommen, um die große Schlacht für Recht und Ordnung live mitzuerleben.

Tasse, Tina und Lars warteten mehr als eine Dreiviertelstunde vor dem Seiteneingang auf Mischa. Jede Minute hatten sie gehofft, dass ihr Freund unversehrt aus der Tür heraustreten würde. Doch nichts war geschehen. Nicht ein einziges Mal hatte sich die Seitentür geöffnet.

Vorne, so hatten sie mitbekommen, war die Polizei längst schon wieder abgezogen, hatte wohl zehn oder zwanzig Jugendliche festgenommen, insgesamt waren fünf Krankenwagen vorgefahren, die Masse der Besucher hatte sich während des Polizeieinsatzes so schnell wie irgend möglich aus dem Staub gemacht.

Ein harter Trupp fundamentalistischer Überzeugungs-Punks hatte sich sofort auf dem Schulhof formiert, um fernab von der Hauptschlacht im Saal durch den Stadtteil in den Rachefeldzug zu ziehen. Mittlerweile fehlte vermutlich jedem zweiten PKW die Radioantenne, den Daimlern die Sterne, Cabriodächer wiesen plötzlich große Risse auf und jeder City-Jeep hatte mindestens einen platten Reifen. Schon seit Jahren schien sich in der Berliner autonomen Punkszene die Meinung festgesetzt zu haben, die Bundesrepublik Deutschland werde von Personenkraftwagen der Mittelklasse regiert. Jedenfalls galten bei derartigen Aktionen gegen den »Scheißstaat« sämtliche Autos, die eine halbwegs aktuelle TÜV-Plakette aufweisen konnten, als zentrales Angriffsziel autonomer Befreiungsbewegungen.

Nur von Mischa und seiner Band war nichts zu sehen oder zu hören.

»Jetzt wird mir das aber zu bunt«, sagte Tina schließlich. »Wo bleiben die denn?« Doch mehr als Warten blieb den dreien nicht, denn der Haupteingang war schon verschlossen und der Seiteneingang nur von innen zu öffnen. Schon dreimal hatte Lars mit einem dicken Stein gegen die schwere Metalltür gebollert, doch drinnen tat sich nichts.

»Was machen wir denn jetzt?«, wollte Tina gerade in die Runde fragen, als endlich die Seitentür aufgestoßen wurde.

Sofort sprang Tina auf. In der Tür erschien Pit, einer von Mischas Gruppe.

»Hallo Pit!«, begrüßte Tina ihn. »Wo bleibt ihr denn?

Wir warten schon eine Ewigkeit hier! Wir wollten doch beim Einpacken helfen!«

»Einpacken?«, fragte Pit mit zynischem Unterton. »Zusammenfegen meinst du wohl! Ich hab die Schnauze voll!«

Tina sah ihn fragend an. »Was ist denn?«

»Sieh doch selbst!«, antwortete Pit und hielt ihr die Tür auf.

Tina ahnte Schlimmes, schlüpfte durch die Tür hindurch, Tasse und Lars folgten ihr.

Die anderen Bands hatten ihre Sachen schon während Mischas Zugabe abgeräumt. Eigentlich aber hätten ihr jetzt schon einige Bandmitglieder mit ihren Instrumenten entgegenkommen müssen. Doch die drei gingen durch den leeren Gang, der hinter der Bühne zu den Garderobenräumen der Aula führte.

Vor einem der Räume saß Sandra, die Sängerin aus Mischas Gruppe, auf einer leeren Bierkiste und trank eine Cola.

»Hi!«, begrüßte Tina sie. »Wo ist Mischa?«

Tina erkannte, dass Sandras Schminke um die Augen stark zerlaufen war. Sie hatte eindeutig geweint. Tina traute sich nicht nachzufragen. Irgendetwas war passiert. Hatte auch die Gruppe von der Schlägerei etwas abbekommen? Sie hätte sich doch aber nach hinten in die Garderobe verziehen können!

Sandra antwortete auf Tinas Frage nur mit einem kurzen Kopfnicken in Richtung Bühne.

Tina marschierte weiter – und blieb kurz vor der Treppe, die von hinten auf die Bühne führte, stehen. Da saß Mischa auf der Treppe wie ein Häufchen Elend und schluchzte fürchterlich.

»Mischa!«, rief Tina, setzte sich schnell neben ihn und nahm ihn in den Arm. »Du heulst ja!«

Mischa nickte nur.

»Was ist los?«, fragte Tasse nach, die sich vor die beiden eine Stufe tiefer gesetzt hatte.

Lars blieb stehen und sah betreten auf seinen besten Freund.

Mischa antwortete nichts, sondern schluchzte nur noch lauter und begann von neuem zu weinen.

Lars ahnte, was passiert war. Wortlos stieg er an den dreien vorbei die Treppe hinauf. Sein erster Blick von der Bühne fiel auf den leeren, noch immer hell erleuchteten Saal, der übersät war mit zerbrochenen Stühlen und Müll. Hier und da lagen auch zerknäulte Kleidungsfetzen. An einigen Stellen waren Blutflecke auf dem Holzboden zu erkennen. Dort, wo die Tonmischanlage gestanden hatte, stand jetzt ein Polizist in Uniform und machte sich heftig Notizen für sein Protokoll, während links von ihm der Hausmeister die Auseinandersetzung in den schillerndsten Farben darstellte, was rechts von den beiden Ordnern vehement bestritten wurde. Der Polizist mühte sich vergeblich Ruhe in die Debatte zu bringen, um die Ursache der Schlägerei herauszubekommen.

Lars' Blick schweifte über die Bühne und da erkannte er den Grund für Mischas Gemütszustand: Mischas neues gebrauchtes Schlagzeug, für das der gesamte Kurierdienst wochenlang gearbeitet hatte, war nur noch ein Haufen Schrott.

Gleich nach diesem Konzert hatte Mischa es versichern lassen wollen. Aber eben erst *nach* dem Konzert. Vorher hatte er einfach keine Zeit dazu gefunden. 1500 Mark hatte es gekostet.

Bei Mischas Mutter im Friedrichshainer Eiscafé hatten sie zu viert ein riesiges Fest gefeiert, als Mischa es gekauft hatte. Mit Freudentränen in den Augen hatte er sich bei seinen Freunden bedankt, dass sie alle dafür geschuftet hatten, damit er sich seinen Traum erfüllen konnte: ein erstes eigenes Schlagzeug.

Jetzt lag dieser Traum zertrümmert, verbeult und zerfetzt auf der Bühne der Aula, die Mischa den ersten großen Triumph eingebracht hatte: den ersten Preis im Schulband-Wettbewerb. Doch womit sollte er bei diesem ersten Preis antreten? Sie durften zwar als Vorgruppe der berühmten Gruppe Ching Chang Chong in der Waldbühne spielen, aber sie besaßen keine Anlage und keine Instrumente mehr!

Mischas großer Traum war an diesem Abend in Erfüllung gegangen, aber am selben Abend noch war dieser Traum auch wieder zerschlagen worden, von einer Horde wild gewordener Zuschauer, die einfach nur wütend war, weil ein sturer Hausmeister auf seinem pünktlichen Feierabend bestanden hatte!

Mischa weinte in dieser Nacht noch bis in die frühen Morgenstunden.

TASSE SCHAUT NICHT WEG

Das war wirklich der verrückteste Auftrag, den der Kurierdienst Rattenzahn jemals bekommen hatte. Eine Woche vor dem längst ausverkauften Konzert der Mega-Stars Ching Chang Chong warf die Gruppe ihre neue CD auf den Markt. Das große *Kaufhaus des Westens*, kurz KADEWE genannt, wollte es sich nicht nehmen lassen, diese Tatsache für alle Fans zu einem besonderen Tag zu machen. Das Kaufhaus hatte an diesem Tag schon zweieinhalb Stunden vor der offiziellen Öffnungszeit, also morgens um sieben, einen riesigen Verkaufsstand vor der Eingangstür aufgebaut, an dem es nichts als die neue CD zu kaufen gab.

Die besondere Attraktion aber: Auf jeder zweiten CD war hinten ein kleiner Aufkleber angebracht worden, auf dem ein bestimmter Ort innerhalb Berlins beschrieben war. Genau an diesem Ort lag eine der letzten fünf Eintrittskarten für das Konzert in der Waldbühne versteckt. Der Gag an dieser Aktion – auf mehr als dreihundert CDs, die an diesem Morgen zum Verkauf standen, war ein Versteck vermerkt. Da es aber nur fünf verschiedene Verstecke gab, bedeutete dies, dass zu jeder Karte sechzig Personen um die Wette rasten. Und weil zusätzlich zur Bedingung gemacht wurde, dass man während der Suche den kleinen KADEWE-Wimpel schwenken musste, um gewinnen zu können, war es schon eine Werbekampagne des Kaufhauses, die sich – im wörtlichen Sinne – sehen lassen konnte.

Der Kurierdienst Rattenzahn hatte den glorreichen Auftrag erhalten, die Eintrittskarten an eben diesen Orten zu verstecken. Damit niemand anderes zufällig vorher auf das Versteck stieß, durften die Kuriere erst unmittelbar vor Verkaufsbeginn die Orte aufsuchen. Dies bedeutete für Tasse, Tina, Lars und Mischa wieder einmal in aller Herrgottsfrühe aufzustehen.

Es war noch nicht einmal halb sieben, als die vier vor dem KADEWE auftauchten, um sich die fünf Eintrittskarten aushändigen zu lassen. Schon einige Hundert Meter vor dem Kaufhaus bremste Lars seine Inlineskates mit einem T-Stop. »Seht euch das an!«, staunte er.

Nur wenige Meter vor ihm standen so viele Jugendliche auf dem Fußweg, dass an ein Durchkommen nicht zu denken war. Es brauchte einige Zeit, ehe Lars begriff, dass dies das Ende der Schlange war, die auf die Öffnung des Verkaufsstandes wartete, der doch noch gute 200 Meter entfernt war!

»Das sind ja Tausende!«, war Lars überzeugt.

Tasse schüttelte den Kopf »Höchstens 500 bis 600!«, war sie sich sicher. »Trotzdem: Ich hätte nie gedacht, dass so viele Leute so früh aufstehen, um sich eine CD zu kaufen. Die kann man sich doch auch noch in den nächsten Tagen besorgen!« Sie verstand die ganze Aufregung nicht.

Natürlich waren auch mehrere Rundfunksender vor Ort, die mit Live-Reportagen über die verrückten Teenies ihre Morgensendungen aufpeppten.

Direkt neben Mischa stürzte sich ein Reporter mit Mikro auf eine Gruppe heulender Mädchen, denen die Schminke schon von den Tränen zerlaufen war.

»Hey, Mädels!«, quatschte der Reporter die Mädchen mit einem strahlenden Grinsen an. »Was ist denn so traurig?«

»Das sieht man doch!«, fauchte eine aus der Gruppe den Journalisten an. »Wir sind um halb fünf aufgestanden und jetzt stehen wir trotzdem ganz hinten. So eine Scheiße!«

»Ja«, jammerte ein Mädchen neben ihr, deren Frisur auffällig der Haarpracht der Sängerin ähnelte. »Bestimmt bekommen wir keine CD mehr ab.«

»Glaubt ihr, das KADEWE hat so wenige eingekauft?«, hakte der Reporter amüsiert nach.

»Ach, wir haben doch immer so ein Pech!«, klagte eine Dritte aus dem Bunde. »Eine halbe Nacht haben wir vor der Theaterkasse verbracht, um dann morgens um acht festzustellen, dass die wegen Renovierung geschlossen hatte. Ende vom Lied: Wir haben keine Karten für das Konzert mehr bekommen.«

»Na, ihr seid ja wirklich tragische Fälle!«, freute sich der Reporter, bedankte sich kurz für die Aussagen und wandte sich an Mischa. »Und du, junger Mann, wartest du auch auf eine CD?«

»Nee!«, nuschelte Mischa kurz angebunden. Er hatte noch immer extrem schlechte Laune, weil ihm für das vermutlich wichtigste Konzert seines Lebens das Schlagzeug fehlte.

»Oho!«, frohlockte der Radiomann. »Hier haben wir

ja ein besonders mürrisches Fan-Exemplar. Ich hoffe, Sie zu Hause vor dem Radiogerät haben einen besseren Tag erwischt.«

Dann war Tina an der Reihe. Ehe sie sich wehren konnte, fuchtelte ihr der rasende Reporter schon mit dem Mikro vor der Nase herum. »Na, Fräulein?«, schmalzte er ihr entgegen. »Haben wir denn bessere Laune? Wie ich sehe, bist du extra mit Inlineskates hierher gerauscht und stehst dennoch ganz hinten. Enttäuscht?«

Tina ärgerte sich über die Fleisch gewordene gute Laune vor ihr. Wenn ihm die Teenies ganz naiv ihre Sorgen ins Mikrofon schluchzten, hatte dieser moderne Hofnarr nichts Besseres zu tun, als sich auf Kosten der Jugendlichen prächtig zu amüsieren. Es wurde Zeit, den Spieß umzudrehen.

»Ist das live?«, fragte sie den Reporter mit unschuldigem Gesicht.

»Ja, selbstverständlich ist das live. Radio 105 Punkt 9 ist auch in dieser gotterbärmlichen Frühe natürlich live für Sie unterwegs. Also, Fräulein, wie geht's dir denn am Ende dieser Schlange?«

»Mein Freund und ich würden gerne jemanden grüßen«, piepste Tina treuherzig ins Mikro.

»Na, dann aber fix«, forderte der Reporter. »Wo ist denn dein herzallerliebster Freund? Wie lange hast du ihn denn schon – zwei Wochen? Ist er auch ein Ching-Chang-Chong-Fan?«

»Klar!« Tina lachte den Journalisten freundlich an. »Hier ist er!« Sie zog Watson unter ihrem T-Shirt hervor und setzte ihn dem Reporter auf den Kopf.

Watson wuselte aufgeregt auf dem fremden Kopf herum, weil er überhaupt nicht wusste, wo er war und vor allem was er dort sollte. Hastig krabbelte er hinten den Kopf hinunter, am Nacken entlang in den Kragen des fremd riechenden Menschen hinein und rutschte ihm den Buckel hinunter.

»Igitt!«, kreischte der Reporter live in die Sendung. »Das ist ja furchtbar! Nimm sofort das Tier von mir! Hilfe!« Mit jedem Wort wurde sein Schreien hysterischer und er begann mit Verrenkungen, um an seinen Rücken zu gelangen, die Michael Jackson nicht besser hinbekommen hätte.

»Ist meine Ratte nicht süß?«, fragte Tina laut ins Mikro.

Der Reporter sprang wild auf und ab, trampelte mit den Füßen, schrie, jammerte und flehte, dass Tina ihm doch endlich das furchtbare Tier abnehmen sollte.

Mischa, Tasse und Lars hielten sich die Bäuche vor Lachen und selbst das jammernde Mädchen-Quintett beendete seine Heul-Arie und betrachtete fröhlich den hopsenden Reporter.

»Ich wusste gar nicht, dass Sie auch Morgengymnastik im Programm haben!«, schmunzelte Tina genüsslich, wobei sie sich bemühte den Gute-Laune-Tonfall des Rundfunkmannes zu imitieren.

Auf dem Rücken des Mannes zappelte eine dicke Beule im Hemd. Watson wollte so schnell wie möglich von dem Hampelmann herunter, aber es gab keinen Ausgang.

Dem Reporter standen schon die Schweißperlen auf der Stirn. Mit Zornesröte im Gesicht schrie er Tina an: »Nimm das Vieh jetzt von mir!«

»Dazu muss ich Ihnen mal kurz ins Hemd greifen, mein Herr!«, gab Tina sachlich zurück und ließ den Journalisten, der gar nicht mehr so fröhlich wirkte, vor sich knien. Tina griff ins verschwitzte Hemd hinein, packte ihren Liebling und rief laut in die Sendung: »Wir grüßen alle Ching-Chang-Chong-Fans und haben beste Laune. Nur dem Reporter hier ist wohl eine Laus über die Leber gelaufen!«

Alle umstehenden Jugendlichen lachten den smarten Rundfunkmann aus vollem Herzen aus.

»Eine Laus?«, rief jemand. »Dem ist ganz was anderes über die Leber gelaufen, dem armen Wurm!«

Das Lachen wurde noch lauter und nun unterstützt von einem kräftigen Abschiedsbeifall.

Wütend stampfte der Reporter zu seinem Übertragungswagen. »Das habt ihr ja wohl nicht auf Sendung gebracht!«, schrie er schon von weitem.

Doch an dem Schulterzucken seiner Kollegen war deutlich zu erkennen, dass Tinas Schabernack ein voller Erfolg gewesen war: Der hysterische Anfall des Gute-Laune-Dandys war in voller Länge live ausgestrahlt worden.

Selbst Mischa hatte für einen Augenblick seine Sorgen vergessen. Fröhlich hakte er sich bei Tina ein. »Tolle Vorstellung!«, lobte er.

»Danke!«, antwortete Tina. »Aber jetzt wartet ein hartes Stück Arbeit auf uns.« Sie zeigte auf die Menschenmassen vor ihr. »Wir müssen zusehen, dass wir an die Karten kommen. Sonst jagen die Ersten zum Suchen los, bevor wir hier weg sind.«

»Aber hier ist kein Durchkommen!«, stellte Mischa fest. Es half nichts, sie mussten tatsächlich zunächst zwischen den Autos auf der Tauentzienstraße hindurch Slalom fahren, die zu dieser Zeit immer den schönsten Stau bildeten, um den breiten, teilweise begrünten Mittelstreifen der großen Hauptstraße zu erreichen. Auf dem Mittelstreifen ging es schon besser voran, dann auf der Höhe des KADEWE wieder durch die Stau-Autos hindurch zum Eingang des berühmten Kaufhauses. Aber dort war erst recht Durchsetzungsvermögen gefragt.

Natürlich konnten die Rattenzahn-Kuriere der lauernden Meute nicht verraten, weshalb sie ganz nach vorne zum Eingang gelangen mussten, denn dann wären sie anschließend mit den letzten Konzertkarten sicher nicht weiter als zehn Meter gekommen. Andererseits konnten sie sich auch nicht wie normale Kunden hinten anstellen, dann wären sie viel zu spät gekommen.

Leider hatten sie vergessen sich den Lieferanteneingang nennen zu lassen. Tasse, die den Auftrag angenommen hatte, hätte auch niemals mit solch einer Menschenmenge morgens kurz vor sieben vor dem Kaufhaus gerechnet.

Es dauerte eine geschlagene halbe Stunde, ehe es Lars schließlich gelungen war, vorn am Verkaufsstand den zuständigen Abteilungsleiter zu erwischen, der ihm unauffällig den Briefumschlag mit den Konzertkarten in die Hand drückte. Lars drängelte sich durch die nachschiebenden Massen wieder nach hinten durch, ließ einen lauten und grellen Pfiff erklingen, den sein bester Freund Mischa unter Tausenden herausgehört hätte. Er gab den

Mädchen Bescheid und gemeinsam setzten sie sich von dem wahnsinnigen Andrang ab.

»So, jetzt aber los«, sagte Lars mit abgehetzter Stimme. »Bin gespannt, wo wir die Dinger verstecken sollen.«

Mischa faltete die DIN-A4-Blätter auseinander, die dem Umschlag beilagen und auf denen die Verstecke vermerkt waren. Ein kurzer Blick reichte ihm für einen ersten Kommentar: »Die haben sich echt etwas einfallen lassen!«

Er hielt den Plan mit dem ersten Versteck in die Mitte, so dass alle einen Blick darauf werfen konnten: Es war die Weltzeituhr auf dem Alex.

»Kein Wunder!«, war Tasse sofort klar. »Damit rasen die mit ihren KADEWE-Wimpeln direkt vor dem Eingang des großen CD-Konkurrenten herum. Der wird sich ärgern, dass er nicht auf die Idee gekommen ist.«

»Das ist meine Strecke!«, entschied Mischa, der als Einziger von den vieren in Friedrichshain zur Schule ging. Der Alexanderplatz lag somit für ihn ohnehin auf dem Weg.

Tasse sah die anderen Zettel durch und verteilte die Aufgaben. Lars übernahm das Versteck beim Pergamonmuseum, da konnte er die ganze Strecke gemeinsam mit Mischa fahren. Tina übernahm es, die Karte in Charlottenburg direkt unter dem großen Reiterstandbild des Großen Kurfürsten zu verstecken, das im Jahre 1700 gegossen worden war. Tasse selbst fuhr in den nahe gelegenen Tiergarten. Da sie an diesem Tag erst zur zweiten Stunde in die Schule musste, übernahm sie auch noch den fünften Auftrag, das Versteck, das nicht fehlen durfte: die Waldbühne.

Der Tiergarten war im Nu erreicht. Tasse fuhr quer über den Wittenbergplatz; die kleine Ansbacher- sowie die Burggrafenstraße waren mit den Inlineskates schnell passiert, dann über die Budapester gehuscht, wobei sie das protzige Interconti-Hotel links liegen ließ. Sie sauste an dem privaten Rundfunksender vorbei, der den smarten Tölpel losgeschickt hatte, und war dann auch schon am Neuen See, dem Ziel ihrer ersten Tour.

Der Biergarten am Ufer hatte natürlich noch nicht geöffnet und auch der Bootsverleih lag noch in schläfriger Ruhe. Hier irgendwo sollte Tasse nun den Umschlag mit der Konzertkarte verstecken.

Sie sah sich um, wo wohl das netteste Plätzchen für so ein Versteck wäre. Zu schwer durfte es nicht sein, denn schließlich musste die Karte ja auch gefunden werden. Zu leicht aber auch nicht, hatte man den Kurieren eingebläut. Es sollte genug Zeit bleiben, dass sich mehrere Kontrahenten am selben Ort trafen und so im direkten Wettkampf nach der Karte suchen mussten.

Schließlich hatte Tasse eine Idee. Sie würde den Umschlag einfach in eines der Boote legen! Vielleicht erschienen tatsächlich zwei Kandidaten gleichzeitig, stürmten aufs Boot, kamen ins Wackeln und würden gemeinsam baden gehen!

Tasse schmunzelte bei der Vorstellung. Sie stöckelte mit ihren Inlineskates über die Wiese zum Anlegesteg.

Plötzlich blieb sie stehen. Ärgerlich starrte sie auf die Boote. Noch einen Schritt näher. Tatsächlich! In jedem von ihnen war auf die Bänke ein dickes, weißes Hakenkreuz geschmiert! Sie stützte die Hände in die

Hüften und betrachtete voller Wut das Geschmiere. Und dort, wo Hakenkreuze auftauchten, durfte natürlich die Losung *Ausländer raus!* nicht fehlen. Alle Boote waren auch damit versehen worden. »Scheiß Nazis!«, rief Tasse.

Sie sagte das nicht einfach nur so, weil die Losung an sich schon gefährlich schwachsinnig war, sondern weil sie auch ganz persönlich damit gemeint war. Sie war zwar in Deutschland geboren, aber ihr Vater war Grieche und damit galt sie selbst auch als Griechin. Diese Losung galt damit ihnen allen, ihr selbst, ihrem Bruder, ihren Eltern, die in der Sächsischen Straße eines der besten griechischen Restaurants der Stadt führten.

Immer wieder stieß Tasse in der Stadt auf solche Parolen. Sie fragte sich, weshalb die Politiker und die Polizei nicht endlich energischer gegen die ausländerfeindlichen Verbrecher vorgingen. Von ihrem großen Bruder wusste sie, dass sämtliche Nazigruppen und deren Rädelsführer der Polizei mit Namen und Adresse bekannt waren. Viele von ihnen wankten regelmäßig angetrunken ins Fußballstadion, wo sie unbehelligt ihre rechtsradikalen, menschenverachtenden Parolen grölten und häufig größere Schlägereien anzettelten. Tasse verstand nicht, weshalb keine Ordnungshüter hingingen und diese Totschläger, Brandstifter und Banditen hinter Schloss und Riegel brachte.

Sie zitterte vor Zorn. Am liebsten hätte sie den Umschlag mit der Konzertkarte in den Dreck geworfen und wäre abgehauen von diesem Ort, an dem sich hirnlose Banden mit Spraydosen ausgetobt hatten. Aber das würde auch nichts ändern, besann sie sich. Und ein Auftrag war nun einmal ein Auftrag.

Immerhin bestand die berühmte Popgruppe, für die sie die Konzertkarte in Händen hielt, aus drei schwarzen Mädchen. Gerade angesichts dieser Nazi-Schmierereien wollte Tasse es unterstützen, dass das Konzert ein Riesenerfolg wurde. Drei erfolgreiche, schwarze Rockröhren würden in den Köpfen vermutlich tausendmal mehr gegen Ausländerfeindlichkeit bewegen als hundert flammende Reden betroffen dreinblickender Prominenter.

Tasse fühlte sich ohnmächtig. Sie wollte nicht einfach die Boote so daliegen lassen mit ihren miesen Sprüchen. Aber was konnte sie dagegen tun? Gar nichts. Oder doch? Sie überlegte sich, dass die CD-Käufer, die hierher gelaufen kamen, um die Konzertkarte zu suchen, vermutlich zu fast allem bereit waren, um die Karte auch zu finden.

Tasse hatte eine Idee. Zum Glück hatte sie Notizblock und Stift dabei, wie es sich für einen guten Kurier gehört, um zum Beispiel Wegbeschreibungen zu notieren. Schnell schrieb Tasse etwas auf einen Zettel, tauschte diesen gegen die Konzertkarte in dem Umschlag und legte den so vorbereiteten Umschlag in eines der Boote. Dann machte sie sich auf die Beine. Sie musste sich beeilen, wenn sie rechtzeitig an der Waldbühne ankommen wollte.

SCHLAGZEILEN

Es dauerte nur fünf Sekunden, dann hatte Tina die volle Tragweite der Schlagzeile begriffen, die sie im Vorbeifahren am Kiosk erheischt hatte.

Ching Chang Chong

SELBSTMORD

Mann von Rapstar Lea erhängte sich

Tina bremste scharf, rollte zum Aushang des Kiosks, riss die Zeitung heraus und raffte die Worte des Artikels in sich hinein.

»Erst kofen, dann lesen, Frollein«, beschwerte sich der Kioskbesitzer lautstark. »Dabei woll'n wir doch wohl bleiben!«

»Oh Mann!«, schrie Tina. »So ein verdammter Mist!«

»Wat denn?«, wunderte sich der Kioskbesitzer. »Det is' doch völlig normal, det man die Zeitung zahlt, die man lesen will.«

Tina war völlig geistesabwesend. Es dauerte eine Weile, bis sie bemerkte, dass der Kioskbesitzer mit ihr gesprochen hatte. »Was haben Sie gesagt?«, fragte sie, als kehrte sie soeben aus einer anderen Welt zurück.

»Bezahlen!«, blökte der Kioskmann.

Endlich begriff Tina. Sie langte in ihre Hosentasche, fischte eine Mark hervor und gab sie dem Mann. Vollkommen aufgelöst setzte sie sich wieder in Bewegung.

Der Kioskbesitzer hielt zwanzig Pfennige in die Luft. »Hey, Frollein, du bekommst noch wat raus!«

Aber Tina hatte den Mann schon wieder vergessen. Sie sah auf ihre Armbanduhr, steuerte die nächste Telefonzelle an, riss den Hörer von der Gabel und kramte ihre Telefonkarte aus der Geldbörse hervor. Watson schaute ihr von der Schulter aus zu. Er spürte, dass der Schulweg heute anders verlief als üblich. Eigentlich hätte er sich um diese Zeit bereits auf den Weg unters T-Shirt machen müssen, weil Tina ihre Ratte seit der ersten Begegnung mit der Lehrerin heimlich mit in die Schule nahm. Zugegeben, so heimlich war es auch wieder nicht, da alle Bescheid wussten – alle, außer den Lehrern. Watson jedenfalls genoss es, jetzt noch draußen auf der Schulter sitzen zu dürfen, weil Tinas Schule weit und breit nicht in Sicht war.

Tina tippte die Telefonnummer fast so schnell in die Tasten wie eine Supermarkt-Kassiererin die Preise und tippelte während des Klingelzeichens ungeduldig von einem Bein aufs andere. »Mach schon!«, bettelte sie den Telefonautomaten an.

Endlich meldete sich eine Frau am anderen Ende.

»Hallo, Frau Grabow! Hier Tina. Ist Mischa noch da?«, hechelte Tina in die Sprechmuschel.

»Ja, wenn du Glück hast!«, antwortete Mischas Mutter.

Tina hörte, wie Frau Grabow zur Haustür eilte und Mischas Namen durchs Treppenhaus rief.

Einen Augenblick später hatte Tina Mischa am Apparat.

»Du musst unbedingt die heutige Zeitung lesen!«, rief Tina aufgeregt in den Hörer. »Oder warte, ich lese es dir schnell vor:

KARRIERE, LÜGEN UND DER TOD

Die Tragödie der »Ching Chang Chong«-Sängerin Lea: Der Ehemann erhängte sich, die Freunde schimpfen sie »Hure« – und die Band steht vor dem Aus.

»Verpiss Dich! Ich weiß genau, du vermisst mich.«

Iserlohn – Da war das Lied, dem Fred einfach nicht entkommen konnte. Nicht, weil es ständig im Radio lief. Nicht, weil alle den Refrain plärrten. Sondern weil es sein Lied war. Geschrieben von seiner Frau Lea. Geschrieben, um ihn zu verhöhnen. Es war das Letzte, was Fred hörte, bevor er sich an dem roten Telefonkabel erhängte ...«

Tina übersprang den ganzen Schmu, nach dem angeblich alle Menschen dieser Welt den Fred ganz toll fanden, er keiner Fliege etwas zuleide tun konnte und er überhaupt nichts anderes war als ein wunderbarer, netter Junge.

Tina las gleich den letzten Absatz vor:

»Ching Chang Chong – Am Montag sollten sie vor Soldaten singen: verschoben. Die Vorbereitung für die Deutschland-Tournee: abgebrochen. Die Band zerbricht an den Lügen, die sie zu Stars gemacht haben.«

»Na, was sagst du?«, beendete Tina ihren Vortrag. »Weißt du, was das bedeuten könnte?«

Mischas Stimme wurde sehr leise, als er sagte: »Ja, das bedeutet, dass das Konzert vielleicht ausfällt.«

Das Konzert sollte Mischas großer Tag werden, aber alles schien sich gegen ihn verschworen zu haben. Erst wurde sein Schlagzeug demoliert, dann drohte sogar das Konzert selbst wegen eines Liebesdramas der Rapperin zu platzen.

Tina wusste, wie Mischa zumute sein musste. Wozu hatte man schließlich Freunde, wenn sie nicht im richtigen Moment zur Stelle waren? Jetzt war sie gefordert, ebenso wie Lars und Tasse. Deshalb schlug sie vor sich noch am selben Nachmittag am üblichen Treffpunkt des Kurierdienstes Rattenzahn zu treffen: im Eiscafé an der Frankfurter Allee, in dem Mischas Mutter arbeitete und in der Regel für eine Gratisrunde Eiskrem sorgte.

Wichtigster Tagesordnungspunkt der außerordentlichen Rattenzahn-Geschäftssitzung: »Wie bekommt Mischa rechtzeitig vor dem großen Konzert (wenn es denn stattfindet) ein neues Schlagzeug?«

Mischa war diese Tagesordnung extrem unangenehm. Schließlich hatten seine Freunde durch ihre Arbeit schon dafür gesorgt, dass er sich überhaupt ein Schlagzeug hatte leisten können, ein Schlagzeug der Spitzenklasse, das jetzt zusammengefegt als ein Haufen Schrott in irgendeiner Mülltonne vergammelte. Jetzt sollten sie ein zweites Mal Geld zusammensammeln, um ihm ein neues Instrument zu kaufen? Das kam gar nicht in die Tüte! Eher würde er auf seinen großen Auftritt verzichten.

»Du hast wohl einen Knall!«, brauste Tina auf. »Ohne deinen Schlagzeugwunsch wären wir als Kurierdienst niemals zusammengekommen«, erinnerte sie und fügte mit einem zufriedenen Grinsen in Richtung Tasse und Lars hinzu: »Und das wäre doch mehr als bedauerlich gewesen!«

Lars und Tasse nickten heftig. Mit diesem Kurierdienst hatten sie schon tolle Abenteuer erlebt und vor allem alle kräftig ihr Taschengeld aufgebessert. Denn sie hatten die Regelung getroffen, dass nur ein Drittel der Einnahmen für Mischas Schlagzeug gespart und der Rest gleichmäßig aufgeteilt wurde. Der Kurierdienst funktionierte so gut, dass für alle genug Geld zusammengekommen war. Mittlerweile wurden die vier (und Watson natürlich!) sogar über die Geschäftstelefonnummer eines der größten Kurierdienste der Stadt vermittelt.

Genau dieser große professionelle Kurierdienst wartete auch am anderen Ende der Leitung, als Frau Grabow an den Tisch der Kinder kam, die vier Eisbecher abstellte und sagte: »Telefon für euch. Es soll derjenige an den Apparat kommen, der die Tour zum Neuen See übernommen hatte.«

Alle sahen auf Tasse, die auf ihrem Stuhl zusammensank. Sie wusste, am Telefon wartete dicke Luft.

»Wieso?«, fragte Lars.

Frau Grabow zuckte mit den Schultern.

Tasse stotterte schuldbewusst: »Ach, das wollte ich euch gerade erklären.«

»Geh lieber erst mal an den Apparat!«, drängelte Frau Grabow.

Tasse sah nicht gerade glücklich aus, als sie sich langsam erhob. Die anderen waren nun erst recht neugierig geworden und begleiteten sie zum Telefon hinter dem Tresen.

»Hier Anastasia Christodopoulos«, flüsterte Tasse in den Hörer.

»Warst du am Neuen See?«, fragte die Stimme am anderen Ende scharf.

Tasse nickte, was der Gesprächsteilnehmer natürlich nicht hören konnte.

Er wartete die Antwort aber auch gar nicht erst ab. »Weshalb haben die Wettbewerbsteilnehmer im Umschlag die Aufforderung gefunden, die Boote zu schrubben?«, polterte der Kurierdienst-Geschäftsführer los. »Hier war gestern der Teufel los. Das war der Auftrag eines Großkunden und ihr macht solchen Mist!«

Tasse, Lars und Mischa blickten sich verwundert an.

Tasse schwieg.

»Wenn das noch einmal vorkommt, dann fliegt ihr aus unserer Datei. Dann ist nichts mehr mit Kundenvermittlung, verstanden? Das ist sowieso nur eine große Gefälligkeit von uns. Das können wir jederzeit wieder rückgängig machen, capito?«

»Mm«, machte Tasse.

»Kapiert?«, brüllte der Geschäftsführer durch die Leitung.

»Ja!«, antwortete Tasse. *Ich hatte mich nur geärgert über die Hakenkreuze auf den Booten . . .*, wollte sie noch erklären.

»Und wenn die alle lilablassblau angemalt sind, nach altem Fisch stinken und auf jedem Kahn ein Skinhead das Deutschlandlied jodelt, das geht dich gar nichts an!«, fuhr ihr der Geschäftsführer über den Mund. »Du machst deinen Job und sonst gar nichts! Verstanden?«

»Ja«, murmelte Tasse in die Leitung und legte verärgert auf. Kaum war die Verbindung unterbrochen, stellte sie klar: »Niemals gucke ich weg, wenn irgendwo *Ausländer raus!* steht!«

»Was war denn eigentlich genau los?«, wollte Lars wissen.

Tasse erzählte, wie sie die Konzertkarte aus dem Umschlag herausgenommen und durch einen Zettel ersetzt hatte, auf dem sie die Kandidaten aufgefordert hatte zuerst die Boote zu schrubben, bevor sie an ihren Gewinn herankamen. Wer als Erster zwei Boote von den Schmierereien gesäubert hatte, konnte sich am Tresen des Cafés am Neuen See melden und die Konzertkarte in Empfang nehmen. »Die Karte habe ich unter der Fußmatte der Eingangstür versteckt und die Bedienung eine Stunde später per Anrufbeantworter darüber aufgeklärt«, berichtete Tasse weiter. »Der Erfolg: Die Kandidaten waren sauer, weil sie schrubben mussten, die Leute vom Café waren sauer, weil sie ungefragt in ein Gewinnspiel einer fremden Firma einbezogen waren, der professionelle Kurierdienst ist sauer, weil die anderen sauer sind . . .«

»Oh je!«, stöhnte Lars. »Da hast du uns ja wirklich in einen dicken Schlamassel hineingeritten.«

»... aber die Nazi-Parolen sind von den Booten verschwunden«, ergänzte Tasse lächelnd. »Die Kandidaten haben trotz ihrer Proteste alles sauber geputzt. Das ist doch die Hauptsache!«

»Tickst du nicht richtig?«, empörte sich Lars. »Dafür hast du unsere besten Geschäftsbeziehungen aufs Spiel gesetzt. Wegen ein paar albernen Parolen! Wir können von Glück sagen, dass wir noch immer Aufträge von dem großen Kurierdienst bekommen und er uns nicht hinausgeworfen hat.«

»Ach, leck mich doch!«, verteidigte sich Tasse. »Für mich sind die Parolen überhaupt nicht albern! Und wer mir sagt, ich soll die einfach akzeptieren, mit dem will ich sowieso nicht zusammenarbeiten, basta!«

»Ich finde, Tasse hat Recht!«, schaltete sich Tina ein. »Tasse ist meine Freundin. Und wer sie vertreiben will, bloß weil sie Griechin ist, ist ein Arschloch hoch zehn. Von denen muss man sich nichts gefallen lassen.«

»Toll!«, schnaufte Lars verächtlich. »Wirklich toll. Da können wir ja gleich alle Geschäfte abbrechen und Mischas Schlagzeug in der Pfeife rauchen!«

Mischa schluckte trocken. Jetzt lagen sich seine besten Freunde schon in den Haaren, bloß wegen seines Schlagzeugs! Das war doch wirklich zu blöd!

Lars und Tasse sahen sich böse an. Auch Tina wusste nichts mehr zu sagen. Alle schwiegen.

»Ich glaube, euer Eis schmilzt langsam dahin!«, beendete Frau Grabow die Stille.

Die Kinder schlurften stumm und missmutig nach draußen, schnappten sich ihre Eisbecher und stocherten lustlos darin herum. Noch immer sagte niemand etwas – bis auf einmal etwas piepste.

Tina, Tasse und Mischa sahen sich verwundert um.

Nur Lars warf hektisch seinen Eislöffel auf den Tisch, sprang auf, griff in seine Hosentasche, holte ein eiförmiges Plastikteil hervor und rief: »Mist, er hat gekackt!«

Tasse war in diesem Moment felsenfest sicher: Jetzt drehte Lars vollkommen durch.

Tina drückte instinktiv Watson näher an sich. Lars hatte offenbar irgendeinen seltsamen Anfall.

Selbst Mischa blickte seinen besten Freund misstrauisch an.

»Mein Tamagotchi!«, gab Lars bekannt, drückte auf irgendwelche Tasten auf dem Ei, erläuterte, dass er soeben den Haufen seines virtuellen Lebewesens entfernt hatte, zeigte stolz das gelbe Computer-Ei in die Runde und berichtete: »Habe ich mir vorhin gekauft. Absolut genial, das Teil!«

Tasse – die zukünftige Naturwissenschaftlerin – konnte es kaum fassen, dass jemand tatsächlich Freude daran finden konnte, ein virtuelles Küken zu pflegen.

»Immer noch besser als die vielen echten Haustiere, die in irgendwelchen Kinderzimmern verwahrlosen, weil die Leute sich nach der ersten Begeisterung nicht um ihr Tier kümmern«, konterte Lars.

Dann erklärte er, dass er nun mit seinem Küken spielen müsse, damit es gesund bliebe.

Tasse schüttelte fassungslos den Kopf.

Immerhin hatte das Tamagotchi dafür gesorgt, die angespannte Stimmung unter den vieren aufzulockern.

Während Lars weiterhin piepsende Tasten auf seinem Plastik-Ei drückte, kam Tina auf den Ernst der Sache zurück: »Innerhalb einer Woche schaffen wir es ohnehin nicht, das Geld für ein neues Schlagzeug zusammenzubekommen. Für das erste haben wir ja auch Monate gebraucht.«

Tasse nickte.

Mischa schwieg. Er wollte am liebsten gar nichts zu dem Thema sagen. Hätte er bloß rechtzeitig die Versicherung abgeschlossen!

»Vielleicht hätte der Geschäftsführer uns einen Vorschuss gegeben«, überlegte Lars laut. Mit einem vorwurfsvollen Blick in Richtung Tasse ergänzte er: »Aber das können wir im Moment ja wohl knicken.«

Tasse öffnete gerade den Mund zu einer Erwiderung, als Tina sofort dazwischenfuhr: »Fangt nicht schon wieder an!«

»Vielleicht«, meldete sich Mischa zaghaft zu Wort, »könnte ich mir ja irgendwo ein Schlagzeug ausleihen.«

Tina, Tasse und Lars sahen ihn an.

»Bisher habe ich ja auch auf dem Schlagzeug unserer Schule gespielt. Leider wurde es vor kurzem im Musikunterricht der fünften Klassen verwendet«, fuhr Mischa fort. »Seitdem ist es in der Reparatur.«

Trotzdem hielten die anderen Mischas Vorschlag für die beste Idee des Tages. Die Frage war nur: Wer besaß ein Schlagzeug und würde es auch noch verleihen?

»Genau darin liegt das Problem«, bekannte Mischa.

»Die Instrumente sind in aller Regel das Heiligste, was ein Musiker besitzt. Die verleihen so etwas nicht gerne.«

»Das wäre doch gelacht!«, rief Tasse tatenfroh dazwischen. »Was sagt ihr? Wir haben noch sechs Tage Zeit. Da werden wir doch wohl jemanden finden, der ein paar Trommeln verleiht.«

»Schlagzeug!«, korrigierte Mischa.

»Von mir aus!« Tasse winkte ab. »Also, wie fangen wir es an?«

»Ich frage die Gruppen, die ich bei den Wettbewerben kennen gelernt habe«, schlug Mischa vor. »Da waren einige nette Leute dabei.«

»Gebongt!«, bemerkte Tasse. »Bei uns in der Straße wohnt so ein alter Freak. Der hat eine Freizeitband. Die proben einmal pro Woche bei ihm im Keller. Den frage ich mal.«

»Ich kenne niemanden«, bedauerte Lars.

Tina musste auch passen. Trotzdem wollte sie sich auch nützlich machen. Verstohlen sah sie sich in dem Eiscafé um, vergewisserte sich, dass sie niemand beobachtete, zog dann Watson – den sie im Eiscafé eigentlich immer genauso versteckt halten musste wie in der Schule – unterm Shirt hervor, streichelte ihn und grübelte.

»Bunker!«, rief sie plötzlich nach einiger Zeit des Nachdenkens.

»Wie meinen?«, fragte Lars nach.

»Musikgruppen üben doch oft in alten Bunkern, oder?«, vergewisserte sich Tina bei Mischa.

Mischa nickte zustimmend.

»Klare Sache!«, befand Tina und wandte sich an Lars.

»Wir beide fahren einfach auf gut Glück mal einige Bunker ab und fragen, ob da jemand sein Schlagzeug verleiht.«

»Geritzt!«, sagte Lars.

Und weil sie ohnehin nur noch eine Woche Zeit hatten, wollten die vier keine weitere Stunde vergeuden. Sofort sprangen sie auf und machten sich auf den Weg, um ihre Aufgaben zu erledigen.

Daran, dass das Konzert wegen dieses tragischen Selbstmordes ausfallen könnte, dachte in diesem Augenblick niemand.

NICHTS ALS ÄRGER!

Schon von außen ist ein riesiger, alter, grauer Bunker nicht gerade eine Zierde. Aber innen wirkt er noch hässlicher und bedrohlicher. Tina und Lars rollten im faden Licht einer verstaubten, gelblichen, schwachen Glühbirne durch den Hausflur bis zum Treppenabsatz.

»Verflucht düster hier«, fand Lars.

Tina stimmte ihm zu. Ein Bunker besaß nun einmal nur Fenster in der Größe von Schießscharten. Wenn er überhaupt welche hatte; schließlich war er einst zum Schutz vor Bomben gebaut worden. Aber genau diese aussichtslose Traurigkeit machte ihn so geeignet für Rockgruppen. Denn die dicken Betonwände waren auch absolut schalldicht. Sosehr sich Drummer und Bassisten auch bemühten, nicht ein Ton ihres musikalischen Spektakels drang hinaus auf die Straße.

Watson hockte auf Tinas Schulter, streckte aufgeregt und neugierig sein Näschen nach allen Seiten aus. Die klamme, modrige Luft, die den schwach beleuchteten Flur beherrschte, weckte seinen Instinkt, der ihm sagte, dass er sich hier nicht allzu weit entfernt von seinen Artgenossen befand.

Es roch nach schalem Bier und Essensresten, in manchen Ecken überdeckt von einem scharfen Uringeruch. Irgendwo musste vor nicht allzu langer Zeit auch eine

Schnapsflasche zerbrochen sein und an manchen Stellen drang der faulige Geruch morschen Holzes in Watsons Nase, obwohl die wenigen, verrammelten Türen im Erdgeschoss aus rostigem Metall bestanden. Die Wände waren übersät mit Graffiti. Zum größten Teil bestanden die Sprühereien nur aus einer Reihe von Tags, die für Lars eher als wirres Gekritzel oder undefinierbare Zeichen zu betrachten waren. Zwischendurch tauchten aber auch grellbunte Comicfiguren auf, an einer Stelle sogar ein großes Gemälde, manche mit einem Toy versehen. Ab und zu schimmerten Losungen durch.

»Keine Macht für niemand«, las Tina laut vor und überlegte, was diese doppelte Verneinung eigentlich sagen wollte. »Keine Macht für niemand bedeutet doch: Macht für alle, oder?«

Lars kratzte sich verwirrt am Kopf. »Kann sein«, zog er sich schnell aus der Affäre.

In ihr kleines Notizbuch, das sie immer bei sich trug, um sich die wichtigsten Dinge für die Tagebucheintragung am Abend zu merken, notierte Tina sich sowohl den Spruch an der Wand als auch ihre Frage dazu.

»Wer ist denn Heinz?«, wollte Lars plötzlich wissen.

Tina zuckte mit den Schultern. »Keine Ahnung, wieso?«

»Der soll freigelassen werden«, stellte Lars fest und zeigte auf eine kleine, mit Edding geschriebene Losung: *Freiheit für Heinz! Wir sind bei dir!*

»Kannst ja mal anrufen und fragen«, antwortete Tina und zeigte auf eine Telefonnummer, die an die Wand geschrieben war: Antifa 5328644.

Auch die notierte sie sich. Vielleicht würde sie in einer langweiligen Minute mal anrufen und horchen, wer sich wohl unter der Nummer meldete.

»Komm, lass uns mal weiter!«, drängelte Lars.

Natürlich gab es in solch einem Gebäude keinen Fahrstuhl. Lars blickte hinunter auf seine Füße und ärgerte sich, dass er zu der Bunkertour seine Inlineskates angezogen hatte. Tina war da schlauer gewesen. Sie war mit dem Fahrrad gekommen und trug Turnschuhe.

»Willst du sie ausziehen?«, fragte Tina und meinte Lars' supermoderne fünfrädrige Rollschuhe.

Lars winkte entsetzt ab. »Um Gottes willen! Die Stufen sind doch alle feucht. Und da es hier riecht wie das städtische Hundeklo, ist das bestimmt nicht nur Wasser! Da gehe ich niemals auf Socken durch!«

So blieb ihm nichts anderes übrig, als sich mit den Händen am rostbraunen Treppengeländer festzuhalten und mit seinen Inlineskates mühsam Stufe für Stufe zu erklimmen.

In der ersten Etage lungerten gerade zwei Jungs herum, die Tina auf etwa 17 oder 18 Jahre schätzte. Sie waren ihr sofort sympathisch, denn beide hatten die Haare knallbunt gefärbt, einer quietschgelb mit grünem Mittelstreifen, der andere stahlblau! Tina lächelte. Stahlblau, das war exakt die Farbe, die sie selbst gerade trug. Eine von Tinas größten Leidenschaften bestand nämlich im Haarefärben. Da sie immer nur auswaschbare Wasserfarben benutzte, trug sie fast täglich eine andere Haarpracht, heute eben eine stahlblaue.

Dem blauen Knaben war die Gemeinsamkeit ebenfalls

nicht entgangen. Er nahm einen tiefen Zug von seinem extrem kurzen Zigarettenstummel, warf die Kippe auf den Boden, drückte sie aus und lächelte Tina freundlich entgegen.

»Hi!«, grüßte Tina.

Der Blaue nickte. Sein Blick fiel mit einem Schmunzeln auf Lars, das diesem leicht verächtlich vorkam. Lars' Hightech-Inlineskates, die viel zu weite, viel zu lange Trainingshose eines berühmten Sportartikel-Herstellers, das Fishbone-Kapuzenshirt und die dunkelblaue Sonnenbrille auf dem Kopf mit der Baseballkappe ließen Lars für den Blauen erscheinen, als hätte man ihn aus einem Teenie-Werbespot für Nintendo-Spiele herauskopiert.

Lars schwieg und klappte seine Sonnenbrille vor die Augen. Damit sah er in dem düsteren Flur zwar nichts mehr, hatte aber das beruhigende Gefühl, dass auch er jetzt nicht mehr so gut zu sehen war. Zumindest konnte ihm dieser Blaukopf nicht mehr in die Augen schauen.

Der Gelbe hockte weiterhin auf dem Boden, lutschte an seiner Bierdose und tat so, als gäbe es Tina und Lars gar nicht.

»Macht ihr Musik?«, fragte Tina.

»Wer will das wissen?«, fragte der Gelbe von unten ohne Tina anzusehen.

»Ich!«, antwortete Tina bestimmt.

»Weshalb?«, blubberte die zweite Frage zusammen mit etwas Bierschaum aus dem Mund des Gelben.

Tina spürte, dass die ganze Fragerei zu mühsam werden würde. Ohne Umschweife verklickerte sie deshalb den beiden Jungs, worum es ging und weshalb sie gekommen war.

Nachdem sie alles erzählt hatte, wartete sie, aber es tat sich nichts. Sie wartete noch eine halbe Minute, ehe sie endlich nachfragte: »Und?«

»Was und?«, wollte der Gelbe wissen.

Langsam aber sicher wurde Tina wütend. »Könnt ihr ein Schlagzeug verleihen, meine Güte?«, schnauzte sie den Gelben an. Sie hatte die Hoffnung ohnehin schon aufgegeben, dass es damit etwas werden könnte.

»Wir haben kein Schlagzeug«, erwiderte der Gelbe.

»Wir machen auch keine Musik!«, sagte nun endlich auch der Blaue mal wieder etwas. »Wir wohnen einfach nur hier!«

Tina war sprachlos. Auch Lars glotzte die beiden an, als kämen sie von einem fremden Planeten. Wie konnte man in so einem Haus wohnen? In einem Bunker!

Auch Tasse hatte kein Glück.

Der Freak in ihrer Straße war nicht zu Hause. Sie überlegte, ob sie es telefonisch versuchen sollte, kam dann aber zu dem Schluss, dass man bei so einer großen Bitte wohl besser persönlich vorsprach. Sie nahm sich vor täglich ein- bis zweimal dort ihr Glück zu versuchen. Bis dahin aber sah sie nur eine Chance, Mischa weiterzuhelfen. Über den großen Computer ihres Vaters wollte sie im Internet nachgucken, ob es so etwas wie einen Schlagzeugverleih, Musikinitiativen oder Ähnliches gab.

Es war schon sehr praktisch, dass Tasses Eltern den

ganzen Tag in ihrem Restaurant zu tun hatten. So stand ihr der Super-Multimedia-Computer ihres Vaters eigentlich zu jeder Zeit zur Verfügung.

Tasse startete eine Suchmaschine, überlegte, mit welchem Suchwort man wohl auf Initiativen stoßen würde, die Schlagzeuge verliehen, und begann erst einmal ganz allgemein. Sie tippte das Suchwort Musik ein. Die Suchmaschine zeigte 476 Eintragungen an.

»Herrje!«, rief Tasse. So ging es nicht. Sie musste ihre Suche wohl doch wesentlich konkreter formulieren. Gerade wollte sie neue Suchworte eingeben, als ihr eine Eintragung ins Auge fiel.

Ching-Chang-Chong-Homepage las sie. Und weiter: Super-Bilder! Alle Infos zur neuen CD und der aktuellen Tournee!

»Interessant!«, murmelte Tasse. Hatten Tina und Mischa nicht befürchtet, dass das Konzert ausfallen könnte? Sicher gab es auf der Homepage der Gruppe neue Informationen. Sie klickte die Homepage an.

Zuerst wurde ein großes Foto der Gruppe gezeigt. Es war dasselbe Bild, das man auf der neuen CD bewundern konnte. Links daneben erschien das Inhaltsverzeichnis der Homepage:

Informationen zur CD, zur Tournee, Pressestimmen und Meinungen von Besuchern der vergangenen Konzerte.

»Seltsam!«, wunderte sich Tasse. Zu dem neuesten Vorfall war auf der Homepage nichts zu finden. Vermutlich hatte die Zeitung, die Tina gesehen hatte, wieder ein bisschen dick aufgetragen. So, wie es aussah, würde das Konzert ohne Probleme stattfinden. Die Homepage jedenfalls kündigte weiterhin ganz normal alle Konzerttermine an. Umso wichtiger, dass man für Mischa ein Schlagzeug auftrieb. *Und zwar schnellstmöglich*, dachte Tasse. Denn schließlich wollte der arme Kerl vor seinem großen Auftritt auch noch üben.

Mischa tippte die fünfte Telefonnummer innerhalb von fünf Minuten in den Apparat. Die ersten vier Gespräche waren überraschend schnell beendet gewesen, nachdem Mischa sein Anliegen vorgetragen hatte. Niemand wollte sein Schlagzeug verleihen. Allerdings mochte das auch niemand zugeben. Alle vier hatten plötzlich ganz dringlich etwas zu erledigen, versprachen sich in Kürze wieder zu melden. Mischa hatte schon am Tonfall herausgehört, dass keiner der vier es damit ernst gemeint hatte. Der fünfte Schlagzeuger meldete sich. Er gehörte zur zweitplatzierten Band des Finales.

»Hallo Freddy!«, begrüßte Mischa ihn. »Erinnerst du dich noch an mich?«

Freddy erinnerte sich. Mischa kam sofort zum Punkt, erzählte, was an dem Abend mit seinem Schlagzeug passiert war.

»Während der Zugabe?«, fragte Freddy interessiert nach.

»Ja!«, bestätigte Mischa.

»Mann, da haben wir ja Schwein gehabt. Bei eurer Zugabe haben wir schon eingepackt. Sonst wäre unser Equipment wohl auch draufgegangen.«

»Gut möglich«, stimmte Mischa ihm zu. Er roch seine Chance. Möglicherweise würde Freddy so viel Mitleid haben, weil er ja selbst nur knapp dem Unglück entronnen war, dass er sein Schlagzeug verleihen würde. Mischa fragte sofort nach.

Doch Freddy wurde plötzlich sehr still.

Mischa fragte vorsichtig: »Bist du noch da?«

»Mm«, brummte Freddy.

»Und?« Mischa spürte, dass Freddy nach einer Ausrede suchte. Er beschloss ihm die Peinlichkeit seiner Absage nicht zu ersparen. »Leihst du es mir?«

»Du willst doch als Vorgruppe bei Ching Chang Chong spielen?«, vergewisserte sich Freddy.

Mischa war verblüfft durch die Frage. »Das weißt du doch. Deshalb hast du doch selbst am Wettbewerb teilgenommen.«

Freddy gewann Oberwasser. Er hatte den rettenden Einfall. »Eben im Radio haben sie gesagt, dass Ching Chang Chong die Tournee möglicherweise absagt. Wegen des Typen, der sich erhängt hat. Wusstest du, dass die Sängerin verheiratet war? Der Typ war ihr Ehemann. Irrsinn, oder? Dabei hieß es doch immer, das Mädel sei ledig.«

Mischa war geschockt. »Haben die wirklich gesagt, die Tournee wird abgesagt?«, hakte er schnell nach.

»Möglich«, antwortete Freddy vage. »Außerdem ist die Lea gar nicht erst 18, sondern schon 22 Jahre alt. Die haben voll gelogen. Wenn du mich fragst, geht es mit denen jetzt total bergab.«

»Mist«, fluchte Mischa leise und hängte ein.

Er dachte gar nicht mehr daran, nach dem Schlagzeug zu fragen. Er war sich sicher, dass es für den Sieg im Wettbewerb keinen Ersatztermin geben würde. Wenn das Konzert ausfiel, dann war damit auch die Riesenchance dahin, vor einem ganz großen Publikum zu spielen. Die Absage des Konzerts wäre fast wie ein Weltuntergang. Die ganze Mühe, das wochenlange Üben, das Herzflattern, das Lampenfieber, das Spielen in insgesamt vier Ausscheidungen, alles wäre für die Katz gewesen. Das durfte nicht sein! Er schnappte sich die Haarbürste, die vor dem Spiegel neben dem Telefon im Flur lag, und feuerte sie quer durch die Wohnung. »So ein verfluchter Dreckmist!«, schrie er.

Über manche Probleme soll man erst einmal eine Nacht schlafen, am nächsten Tag sieht dann die Welt ganz anders aus, lautet eine dieser allgemein gültigen Weisheiten, die – genau genommen – niemals zutreffen.

Auch für Mischa hatte sich am nächsten Tag nichts geändert, im Gegenteil, es wurde alles nur noch schlimmer.

Die Schriften auf den Titelseiten zum Thema Ching Chang Chong waren ungefähr doppelt so groß und dreimal so fett wie am Vortag:

Eine ganze Stadt ist
wütend auf Lea

»Ching Chang Chong«
Star arbeitete im Bordell

Die Wahrheit ist so bitter

Tragödie bei
»Ching Chang Chong«

Sie wurde Star, ihr Mann
erhängte sich

»Ching Chang Chong«

Ihr Mann hing 6 Monate
auf dem Dachboden

Und:

Wird Tournee abgesagt?

Die ganze Wahrheit über das Teenie-Idol, Seite 15.

Hastig blätterte Mischa sich in der Zeitung bis zur Seite 15 vor und überflog den Artikel so schnell er konnte auf der Suche nach den Reizworten: *Tournee* und *Absage*. Alles andere interessierte ihn nicht. Von ihm aus konnte die Sängerin sich aufs Brandenburger Tor setzen und dort jeden Morgen Striptease tanzen. Ihm war vollkommen schnuppe, wo die Frau jemals gearbeitet hatte oder in Zukunft arbeiten würde, wie alt sie war oder ob sie ein heimliches Verhältnis mit ihrem Kaktus auf der Fensterbank unterhielt. Mischa interessierte nur eines: Sie sollte auftreten, und zwar in genau fünf Tagen in der Waldbühne, mit ihm und seinen Freunden als Vorgruppe! Aber genau darüber war in der Zeitung entgegen der Ankündigung auf der Titelseite nichts zu erfahren! Also war das Konzert nicht abgesagt! Allerdings ließen die Zeilen auch nicht viel Hoffnung, dass es trotz allem noch stattfinden würde.

Deprimiert zerknüllte Mischa die Zeitung und eilte in die Schule. Nicht etwa, weil ihn der Unterricht so reizen würde. Er hatte wirklich andere Sorgen als sich mit mathematischen Gleichungen, spanischen Vokabeln oder den sexuellen Gepflogenheiten der Moose und Farne herumzuschlagen.

Aber in der Schule traf er seine Mitspieler von der glorreichen Schulband: den 16 Jahre alten Pit aus der 10c, der einen gepflegten Bass zupfte, den fünfzehnjährigen Ole aus der 9b an der E-Gitarre, seine Schwester Sandra, die mit ihren 15 Jahren eine Stimme besaß wie eine zwanzigjährige Whiskeytrinkerin, und schließlich Tanja, die genauso wie Mischa erst 13 war und in seine Parallelklasse ging. Wer als solches »Küken«, wie Pit zu sagen pflegte, mit Jugendlichen in einer Band spielen durfte, musste schon Überdurchschnittliches leisten. Genau das taten Mischa und Tanja: Mischa war ein außerordentliches Schlagzeugtalent. Und Tanja brauchte man nur irgendein Instrument in die Hand drücken; fünfzehn Minuten später war sie in der Lage, darauf bereits die erste Melodie zu spielen. In der Band spielte sie meistens das Keyboard, griff aber in den wenigen ruhigeren Stücken auch schon mal zur Geige oder Querflöte.

Lange hatten die fünf über einen Namen nachgedacht. Natürlich hatten sie erst einmal gesammelt, was es so für Gruppennamen gab. *Fettes Brot* hieß da eine bereits recht berühmt gewordene Formation, worauf Pit eingefallen war, dass es tatsächlich eine Gruppe gab mit dem Namen *Ostzonen-Suppenwürfel-machen-Krebs*, was alle fünf besonders blöd fanden, weil sie nämlich genau dort lebten, wo einmal die DDR und eben noch früher die so genannte Ostzone gewesen war. Namen wie *Einstürzende Neubauten* oder *Abstürzende Brieftauben* waren da schon lustiger.

Mischas Lieblingsband waren die *Toten Hosen* und er bedauerte sehr, dass dieser Name schon vergeben war – obwohl er zugeben musste, dass er ihm allein kaum eingefallen wäre. Nun, nach ähnlich langen Debatten wie bei der Namensgebung für den Kurierdienst Rattenzahn hatten sich die fünf endlich geeinigt: Seit vier Monaten nun hießen sie *Eltern haften für ihre Kinder* (was beim letzten Konzert leider wohl einige zu wörtlich genommen hatten, als sie die Schulaula dem Erdboden gleichmachten).

Natürlich waren auch an den anderen die schlechten Nachrichten nicht vorübergegangen. Mit missmutigen Gesichtern hockten sie schon am Schultor, als Mischa ankam.

»Wie ich sehe, habt ihr es auch schon gelesen«, begrüßte er die anderen.

»Dass Lea geflüchtet ist? Ja!«, antwortete Sandra.

»Und jetzt?«, fragte Mischa.

»Jetzt brauchen wir erstmal neue Instrumente«, stellte Pit klar. »Ich habe Druck bei meiner Versicherung gemacht, dass die bald mit der Kohle rüberkommen. Außerdem habe ich noch zwei andere Bässe. Wie steht's mit euch?«

Ole grinste. »Mein Baby ist in Ordnung«, sagte er zufrieden und meinte seine rote Gitarre. »Da lass ich keinen ran. Die anderen Gitarren standen zum Glück hinter der Bühne.«

Auch die anderen hatten ihre Instrumente retten können. Nur das Keyboard war zwar stehen, aber wie durch ein Wunder unversehrt geblieben. Vermutlich hatten sich die Wahnsinnigen genug am Schlagzeug ausgetobt, dass sie das Keyboard nicht mehr interessierte.

Am Abend des Desasters waren die fünf so geschockt gewesen, dass sie noch keine Bestandsaufnahme gemacht hatten. Jeder hatte seinen Krempel zusammengepackt und war abgehauen. Mischa war der Einzige, der nun wieder einmal kein Instrument besaß.

Die anderen wussten sofort, was das bedeutete. Als Mischa noch von seinen erfolglosen Bemühungen erzählte, sich ein Schlagzeug auszuleihen, war die Stimmung endgültig hinüber.

»Zum Glück war das nicht unsere Anlage, über die wir gespielt haben«, wollte Sandra die anderen aufmuntern.

Doch das ging gründlich daneben.

Pit grunzte verächtlich. »Nee, weil wir keine eigene haben. Und die Schrottanlage von der Schule mit dem Blechdosenklang kannst du in der Waldbühne ohnehin abhaken, selbst wenn wir sie bis dahin wieder hinkriegen.«

Mischa sah verwundert auf. »Ich dachte, wir spielen über die Anlage von Ching Chang Chong!«

Pit lachte bitter auf. »Kannst sie ja mal fragen! Die gucken uns doch mit dem Arsch nicht an.«

Mischa schwieg, aber er verstand nicht so recht, warum er die drei berühmten Mädchen nicht fragen sollte. Gerade der jüngste Skandal um die Gruppe zeigte doch, dass auch die berühmtesten Stars so unantastbar nicht waren. Das Problem war nur, er konnte sie gar nicht fragen: Bei den Mega-Stars liefen zur Zeit sicher die Telefone heiß und die drei waren für niemanden zu sprechen, schon gar nicht für irgendeine dahergelaufene Schülerband, die zufällig einen unbedeutenden Wettbewerb gewonnen hatte.

»Wir müssen trotzdem proben!«, bestimmte Pit. »Was ist, wenn das Konzert stattfindet und wir hängen dann durch, weil wir nicht geprobt haben? Also, heute Nachmittag um vier hier, alles paletti?«

Ole nickte, Sandra und Tanja stimmten zu.

Mischa sah auf seine Schuhspitzen, wovon die linke einige Halbkreise in den Sand malte.

»Und du, Mischa?«, setzte Pit nach.

»Heute Nachmittag ist Treffen vom Kurierdienst!«, berichtete Mischa kleinlaut.

Pit brauste auf. »Du mit deiner lächerlichen Rollschuhbande. Bist du nun Musiker oder im Kinderklub?«

»Die ist nicht lächerlich!«, verteidigte sich Mischa. »Wir sind ein Kurierdienst!«

»Ja, toll!«, lästerte Pit. »Wir haben als Kinder auch ein paar Groschen fürs Schneeschippen bekommen und kamen uns dabei ungeheuer wichtig vor. Also, vergiss deinen Kindergarten-Verein und sei heute Nachmittag pünktlich. Sonst scheppert's, klar?«

»Ich denke nicht daran!«, gab Mischa wütend zurück. »Wir sind eine richtige Firma. Und außerdem sind das meine Freunde. Ohne die hätte ich niemals ein eigenes Schlagzeug gehabt. Wir haben es uns selbst erarbeitet. Und die anderen haben für mich mitgearbeitet und damit für uns alle!«

»Und jetzt haste kein Schlagzeug mehr, weil du zu blöde warst es versichern zu lassen, du Schwachkopf!«, bemerkte Pit bösartig. »Du hast genau 48 Stunden, dir ein neues Instrument zu besorgen und zur Probe zu erscheinen, oder du bist draußen!«

Mit diesen Worten drehte Pit sich um und stapfte davon. Für ihn war der Fall geklärt.

Mischa stand mit offenem Mund da. Er war sprachlos.

Die anderen schauten ebenso verblüfft, wagten aber nichts zu sagen. Pit war der unbestrittene Boss der Gruppe. Aber ging das hier nicht ein wenig zu weit?

»Er meint es nicht so«, versicherte Ole, sprang aber sicherheitshalber von der Schulmauer und eilte hinter ihm her zu seinem Klassenraum.

Für Mischa hatte es sich allerdings sehr ernst angehört.

Auch Sandra zweifelte offenbar nicht daran, dass Pit seine Drohung wahr machen würde. »Ich werde nochmal mit ihm reden«, versprach sie, verschwand dann aber auch verdächtig schnell.

Nur Tanja, das zweite »Küken« der glorreichen Schulband, blieb neben Mischa stehen, legte den Kopf leicht auf die Seite, sah Mischa mitleidig an, dessen Lippen zu zittern anfingen, überlegte einen Moment und entschied dann: »Wenn er dich rausschmeißt, gehe ich auch.«

Und dann ging sie wirklich, allerdings nicht aus der Band heraus, sondern in den Schulpavillon hinein.

Mischa stand noch immer da wie angewurzelt und kämpfte gegen die Tränen an. Dann war ihm klar, dass er an diesem Tag in der Schule nichts mehr verloren hatte.

Noch bevor es zur ersten Stunde läutete, kehrte er der Schule den Rücken und fuhr auf seinen Inlineskates fort, weit fort. Fort von der Schule, fort von Pit, fort von der ganzen Schulband, von allen, die er für seine Freunde gehalten hatte, die ihn jetzt im Stich ließen, die zu feige waren ihm ein Schlagzeug zu leihen, die ihn mit seinem Problem allein ließen. Fort – rein in die nächste U-Bahn und dorthin, wo er wirkliche Freunde hatte.

DER RETTENDE AUFTRAG

Für die Zeitungen war der Skandal um die Mega-Star-Gruppe Ching Chang Chong ein gefundenes Fressen. Die neue CD hatte vor den Musikgeschäften für massenhysterische Tumulte gesorgt, weil Tausende Teenies befürchteten, sie würden keine mehr abbekommen.

Alle Konzerte der bevorstehenden Deutschland-Tournee waren bis auf den letzten Platz ausverkauft. Und in genau diesen Moment war die Nachricht von dem Selbstmord wie eine Bombe geplatzt.

Die Zeitungen brauchten sich um ihre Auflagen nicht die geringsten Sorgen zu machen. Täglich brachten die großen Tageszeitungen neue Enthüllungen über die Mega-Stars hervor und die Ausgaben gingen weg wie warme Semmeln. Heute war auf der Titelseite einer riesigen Boulevard-Zeitung ein sehr junges, halb nacktes Mädchen abgebildet, das sich in eindeutiger Stellung auf einem schäbigen Bett räkelte. Das war nichts Besonderes, denn täglich erschien so ein Foto auf der Titelseite dieser Zeitung. Besonders war der Text dazu. Über dem großen, grobkörnigen Farbfoto nämlich war zu lesen:

»Ching Chang Chong:

Die Wahrheit hinter der Glitzerfassade. Hier arbeitete Lea als Prostituierte.«

»Ich möchte wissen, wo die das Bild herhaben!«, wunderte sich Tina und nahm einen kräftigen Schluck aus ihrem Cola-Glas.

Sie hockte gemeinsam mit den anderen Rattenzähnen in Tasses Zimmer. Alle vier hatten sich nach der Schule sämtliche Zeitungen und Zeitschriften besorgt, in denen etwas über die Mega-Stars zu finden war.

Watson, der sich in Tasses Zimmer schon gut auskannte, begab sich auf Wanderschaft, wobei er einen großen Bogen um das Aquarium machte, das er mit unangenehmen Erinnerungen verband.

»Das ist doch nicht schwer zu erraten«, antwortete Tasse auf die Frage nach der Herkunft des Fotos, pflückte Watson von der Nachttischlampe und setzte ihn wieder auf den Teppich. »Das Bild haben die von der Familie des Toten. Die gibt doch der Lea die Schuld, dass der Typ sich umgebracht hat.«

Die Zeitungen waren voll von der Lebensgeschichte der Sängerin. Trotzdem hatte man auch nach der Lektüre der unzähligen Zeitungsseiten nicht das Gefühl, umfassend informiert zu sein. Halbwahrheiten mischten sich mit Gerüchten, garniert mit zusätzlichen Spekulationen des jeweiligen Blattes, das Ganze durch den Wolf gedreht und als Fortsetzungsroman aufgemacht, schließlich sollte auch das morgige Blatt ausverkauft werden.

Auf die puren Fakten reduziert, ergab sich folgendes Bild:

Die Sängerin Lea hatte offenbar in ihrer Jugendzeit einmal als Prostituierte gearbeitet, in dieser Zeit einen Mann kennen gelernt, den sie schon nach kurzer Zeit geheiratet hatte. Die beiden schlugen sich mehr schlecht als recht durchs Leben, bis Lea mit ihrer Musikgruppe entdeckt wurde. Pfiffige Manager übernahmen die Karriereplanung, gaben den drei schwarzen Mädchen neue Namen, machten sie für die Öffentlichkeit um einige Jahre jünger und verschwiegen so etwas Lästiges wie Ehemänner oder feste Freunde. Der Plan ging auf, die Mädchen wurden fast über Nacht zu Millionärinnen. Leas Ehemann wurde mit dem neuen Erfolg seiner Frau nicht fertig, die beiden zerstritten sich. Lea verließ ihren Mann. Der Mann nahm sich das Leben.

»So weit die Fakten«, stellte Tasse fest. Sie schob den Stapel mit den herausgerissenen Artikeln auf die linke Seite und stopfte die übrig gebliebenen Zeitungsreste in eine große, blaue Mülltüte.

»Tragisch«, fand Tina.

»Aber nicht selten«, glaubte Mischa. »Ehetragödien gibt es doch wie Sand am Meer. Meine Eltern sind auch geschieden. Nur bei einem Popstar machen die so einen Wind!«

»Na ja«, fand Lars, »dafür sind sie ja Stars.«

»Trotzdem ganz schön heftig«, wandte Tina ein. »Die Lea wird dargestellt wie eine herzlose, karrieregeile Hexe, die ihren Mann in den Tod getrieben hat. Soll die etwa ein Leben lang mit einem Mann zusammenbleiben, den sie nicht liebt, nur weil sie berühmt geworden ist?«

Das war auch Tasses Meinung. »Also, wenn der sich umgebracht hat, hatte der aber ein paar andere Probleme, für die Lea bestimmt nichts kann!«

»Und dann noch so in ihrer Vergangenheit rumzuwühlen«, ereiferte sich Tina weiter. »Was geht denn die Leute ihre Vergangenheit und ihr Privatleben an?«

Tina erinnerte sich an einige Straßen und Stadtteile in ihrer Geburtsstadt Dortmund, in denen sich den ganzen Tag die arbeitslosen Alkoholiker aufhielten und in den Tag hineindämmerten. Sie wusste von Kneipen in der Nordstadt, die hatten rund um die Uhr geöffnet, wo sich dann die Schichtarbeiter mit ihren Ex-Kollegen, die mittlerweile entlassen worden waren, trafen und besseren Zeiten nachtrauerten.

»Ich glaube, die Zeitungsschreiber wissen gar nicht, wie das ist, wenn man von Sozialhilfe leben muss«, erzählte Tina. »In Dortmund hatte ich ein paar in der Klasse, denen ging es echt dreckig. Ich bin mir nicht sicher, was mal mit denen in ein paar Jahren passiert.«

Für Lars, dessen Eltern bekanntermaßen reichlich Geld besaßen, waren das vollkommen neue Welten, von denen Tina da berichtete. Und auch Tasse, der Tochter eines Restaurantbesitzers, waren diese fremd. Nur Mischa, der in Friedrichshain wohnte, wusste, wovon Tina sprach. Auch bei ihm um die Ecke hatten sich viele vor einigen

Jahren selbstständig gemacht und große Hoffnung auf ihr neues Geschäft gesetzt. Viele von ihnen hatten inzwischen Konkurs angemeldet und waren arbeitslos.

Es waren allerdings nicht nur die Zeitungsredakteure, denen der wahre Lebensweg der Popstars ganz und gar schnuppe war. Wo Skandale entstehen, braucht man auf Schmarotzer nicht lange zu warten, die in der aufgeheizten Stimmung ihre Chance gekommen sehen, sich eine goldene Nase zu verdienen. In diesem Fall handelte es sich um eine kleine Hamburger Werbeagentur, die schon seit langem den gleichen Namen trug wie die Mädchengruppe: Ching Chang Chong. Bislang hatte es da keine Schwierigkeiten gegeben. Denn wer verwechselte schon eine Werbeagentur mit einer Popgruppe? Jetzt aber, aus heiterem Himmel, fiel den Yuppies von der Werbeagentur ein, dass eine Mädchengruppe gleichen Namens, die in einen Skandal verwickelt war, doch stark imageschädigend sein würde. Kurzerhand schalteten die bis dahin vollkommen unbekannten Werbefuzzis einen Anwalt ein, verlangten eine Namensänderung der Musikgruppe und wurden mit einem Schlag bundesweit bekannt.

»Auch das noch!«, jammerte Mischa. Mit jedem Blick in einen der Zeitungsartikel sank seine Hoffnung, dass das Konzert doch noch stattfinden würde.

Noch immer wusste niemand, wo die Sängerin Lea steckte, und je mehr Mischa sich mit dem Thema befasste, desto mehr konnte er die Flucht der Sängerin verstehen.

Etliche Male hatte Mischa schon geträumt eines Tages mal der Schlagzeuger einer berühmten, erfolgreichen

Band zu sein, die in ausverkauften Stadien spielte und jede zweite Titelseite der Musikmagazine füllte. Dann würde es auch von ihm farbige Sticker geben, Poster und Starschnitte in den Teenie-Zeitschriften. Doch wenn er sich so betrachtete, wie gerade mit Ching Chang Chong umgegangen wurde, dann verging ihm die Lust aufs Berühmtsein.

Mischas Gedanken wurden unterbrochen vom Klingeln des Telefons. Tasse sprang auf und nahm den Hörer ab.

»Ein neuer Auftrag«, gab sie nach fünf Minuten bekannt. Normalerweise führte eine solche Mitteilung beim Kurierdienst zu großer Freude. Diesmal allerdings nahm die Crew die bevorstehende Arbeit mit gemischten Gefühlen entgegen.

»Dafür haben wir doch gar keine Zeit!«, warf Lars ein. »Wir haben immer noch kein Schlagzeug für Mischa auftreiben können. Und es sind nur noch vier Tage bis zum großen Konzert!«

»Wenn es überhaupt stattfindet«, murmelte Mischa. Er glaubte inzwischen nicht mehr daran.

Lars sah besorgt auf seinen Freund. »Bloß, wenn es doch stattfindet, solltest du noch einmal Gelegenheit haben, ordentlich zu üben. Allein schon um Pit zu zeigen, dass er nicht auf dich verzichten kann.«

Pit! Das Problem mit Pit hatte Mischa ganz verdrängt! Natürlich hatte er den Vorfall vom Morgen sofort seinen Freunden erzählt, die in große Empörung verfallen waren. Aber dann waren sich schnell alle einig gewesen, dass Pit niemals so schnell einen neuen Schlagzeuger finden konnte, schon gar keinen, der nahtlos beim großen Konzert einspringen konnte. Deshalb würde Pit seinen Worten keine Taten folgen lassen. Daran hatten Lars, Tasse und Tina keinen Zweifel gelassen. Mischa war sich insgeheim nicht so sicher.

Verstohlen sah er auf seine Armbanduhr. Wann war nochmal die Probe? Richtig, um vier! Er hatte noch eineinhalb Stunden Zeit. Aber ohne Instrument?

»Wie wäre es, wenn wir beide Aufgaben gleichzeitig lösen?«, fragte Tasse in die Runde hinein. »Unseren Auftrag ausführen und damit Mischa ein Schlagzeug besorgen?«

»Hä?«, machte Lars.

Tasse lächelte ihn an. »Das kommt davon, wenn man gleich wie ein Hühnerhaufen aufschreckt statt erst einmal zu fragen, welchen Auftrag wir überhaupt haben!«

»Nun sag schon!«, forderte Tina.

»Wir sollen ...« Tasse unterbrach sich. »Ach, das glaubt ihr ohnehin nicht!«

»SAG ENDLICH!«, riefen jetzt Tina, Mischa und Lars gleichzeitig.

Watson sah erschrocken aus einer der Schreibtischschubladen hervor, die er gerade so gründlich durchsuchte, als sei er tatsächlich der berühmte Begleiter von Sherlock Holmes, dessen Namen er trug.

»Also«, begann Tasse, »wir sollen ein Kuvert abholen bei Konrad Jehnke.«

»Bei wem?«, fragte Lars verblüfft.

Mischa hingegen spitzte die Ohren. »Bei dem Konzertveranstalter?«

Tasse nickte. »Genau dem: Einer der größten Konzertveranstalter Deutschlands, der zufällig auch das Ching-Chang-Chong-Konzert organisiert!«

»Wow!«, machte Mischa.

Tina fiel sofort die praktische Seite dieses Auftrages auf. »Den kann man fragen, ob das Konzert ausfällt!«

»Auch das«, räumte Tasse ein.

»Was denn noch?«, wunderte sich Mischa. »Du glaubst doch nicht im Ernst, dass Jehnke auch Schlagzeuge verleiht.«

»Der nicht«, gab Tasse zu. »Aber der Empfänger des Kuverts vielleicht. Ich werde ihn jedenfalls fragen.« Sie kostete ihren Informationsvorsprung so richtig aus. »Die Adresse ... ist«, begann sie so langsam, dass Lars ihr bald an den Hals gesprungen wäre, um jede Einzelheit dieser Neuigkeit aus ihr herauszuschütteln, »... das Interconti. Und dort wohnt ein gewisser Mike Leinen.«

Tasse legte eine Kunstpause ein.

Watson sah, dass bei den Kindern doch nichts Interessantes zu entdecken war und verkroch sich wieder in die tiefen Niederungen der Schreibtischschublade.

»Mike Leinen«, erklärte Tasse, »ist der technische Leiter der Konzertcrew der ...«

Sie hob die Hände wie ein Dirigent, der sein 80-köpfiges Orchester auf das große donnernde Finale aufmerksam macht, dann ließ sie beide Arme abrupt sinken.

Lars, Mischa und Tina hatten begriffen und riefen im Chor:

»... der Gruppe Ching Chang Chong!«

»Jawohl!«, schrie Tasse.

»Und der wird ja wohl ein Schlagzeug parat haben«, brüllte Lars.

»Jedenfalls dann, wenn wir unseren Charme spielen lassen«, fiel Tina ausgelassen ein.

»Die Banane ist geschält, der Käse gegessen, die Wurst geplatzt!«, freute sich Lars. »Das Ding schaukeln wir!«

Mischa blieb still. Aber er zitterte vor Erregung und schaute mit feuchten Augen auf seine Freunde, die vor ihm wahre Freudentänze aufführten. Wenn diese Wahnsinnigen es wirklich schaffen würden, dem Technik-Chef der Mega-Stars ein Schlagzeug aus dem Kreuz zu leiern, dann würde selbst Pit sich vor dem Kurierdienst ehrfürchtig auf die Knie werfen.

Mischa musste bei dem Gedanken laut loslachen.

Watson glaubte, in der Schublade herrschte ein Erdbeben. Der ganze Schreibtisch wackelte. Wie von Sinnen katapultierte er sich aus der Schublade heraus, flitzte am Holzbein hinunter, raste über den Teppich, an Tinas Bein hoch und verschwand unter ihrem T-Shirt.

Tina lachte: »Watson hat es mal wieder zuerst erkannt – wir sollten uns auf die Socken machen!«

»Auf die Socken?«, fragte Lars ausgelassen. »Nee, lieber auf die Räder.«

Das Interconti war eines dieser Hotels, in denen man schon einen Meter hinter der Drehtür beklommen stehen blieb und sich sofort fehl am Platze fühlte. Berühmten Filmschauspielern, exzentrischen Rockstars und neureichen Fußball-Idolen mochte es in solchen Foyers anders ergehen. Tina aber hatte genau dieses Gefühl, als sich vor ihr der blitzblanke Fußboden erstreckte. So etwas Spiegelglattes gäbe es nur im Werbefernsehen, hatte Tina bisher gedacht.

Die vielen makellos glänzenden Lampen in der hohen Decke funkelten und blitzten, strahlten und leuchteten mit einer Eleganz, dagegen war ein Juwelier das reinste Bahnhofsklo.

Tina schnappte sich geistesgegenwärtig Watson von der Schulter und schob ihn unters T-Shirt. Eine Ratte würde in diesem Hotel bestimmt zu folgenschweren Verwicklungen führen.

Lars legte staunend den Kopf in den Nacken und begaffte die vielen Lichter.

Mischa sah zweifelnd in die entgegengesetzte Richtung. Er traute sich nicht auf diesem Fußboden auch nur noch einen einzigen Zentimeter mit seinen Inlineskates zu rollen.

Tasse blickte hinüber zum Empfangstresen, hinter dem ihr einer der drei Portiers fest in die Augen schaute. »Nicht einen Schritt weiter!«, signalisierte sein eisiger Blick.

Genau diese ebenso drohende wie abfällige Haltung weckte Tasses Entschlossenheit. Weithin sichtbar hielt sie den weißen Din-A4-Umschlag hoch in die Luft, stieß sich kräftig ab und rollte selbstbewusst auf den Portier zu, der vor so viel Unverfrorenheit erstarrte. Als er tief Luft holte, stand Tasse schon direkt vor ihm. Noch bevor er irgendeinen Laut der Entrüstung artikulieren konnte, hatte Tasse ihm bereits einen vollständigen Satz entgegengeschleudert: »Kurierdienst Rattenzahn. Wir haben eine

Eilsendung für Mike Leinen ... Würden Sie ihn bitte rufen?«

Der Portier öffnete den Mund, schloss ihn wieder und öffnete ihn ein weiteres Mal. Allerdings nicht um etwas zu sagen, sondern weil er fassungslos war. Über Tasses Schulter hinweg musste er tatenlos mit ansehen, wie die drei anderen Kinder mit ihren Rollschuhen über den frisch polierten Fußboden heranrollten, als befänden sie sich mitten in einer Halfpipe.

»Ist er nicht da?«, setzte Tasse nach.

»Ehm«, gluckste der Portier, räusperte sich und fand endlich seine Fassung wieder. Denn jetzt wusste er, dass es sich vor seinen Augen nicht um die verzogenen Bälger eines reichen Gastes des Hauses handelte, sondern um Berliner Gören, die sich einbildeten Kuriere zu sein und die Frechheit besaßen, über den teuren Fußboden mit Rollschuhen zu rasen. Vermutlich hatten sie draußen vor der Tür eine Wette abgeschlossen, dass es ihnen gelingen würde, im Foyer des Interconti mehrere Pirouetten zu drehen. Aber da hatten sie die Rechnung ohne den Wirt gemacht. Die rechte Augenbraue des Portiers senkte sich bedrohlich, sein Kopf kam etwa zwanzig Zentimeter vor und durch seine Blendax-Zähne zischelte die Drohung hervor: »Ich zähle bis drei. Dann habt ihr hier einen Abgang gemacht, der sich gewaschen hat. Haben wir uns verstanden?«

Ein zweiter Portier bedachte seinen Kollegen mit einem süffisanten Blick aus den Augenwinkeln. Leider konnte er den entstehenden Machtkampf zwischen Kindern und Kollegen nicht genauer beobachten, weil ein weißhaariger Mann in dunklem Anzug gerade nach seiner Tagespost fragte und dahinter bereits eine Reisegruppe von zwanzig Japanern mit umgehängten Kameras sich fotolüstern die neuesten Angebote diverser Tagesausflüge geben lassen wollte.

Lars befand sich schon in der Rückwärtsbewegung, Mischa sah sich bereits nach einem besseren Fluchtweg als der Drehtür um, Tina überlegte noch, weshalb der Mann plötzlich drohte. Tasse aber kam dem Portier mit dem Gesicht entgegen: »Ich glaube nicht, mein Herr!«, sagte sie laut und deutlich, aber noch durchaus höflich. »Wir haben hier eine dringende Eilpost für Herrn Mike Leinen. Wir können sie auch an den Absender zurückgehen lassen mit dem Vermerk, dass Sie uns den Zutritt verweigert haben. Wie war gleich Ihr Name?«

Der Portier schreckte verdutzt zurück. Diese neunmalkluge Rotzgöre wollte ihm tatsächlich Schwierigkeiten machen! Andererseits war das Interconti kein kleinkariertes Provinzhotel. Wenn die Blagen vor ihm Recht hatten, würde er einen gehörigen Anpfiff von Herrn Leinen bekommen. Den mochte er zwar auch nicht. Aber er gehörte nun einmal zur Crew der Gruppe Ching Chang Chong, die gleich eine ganze Etage in dem Hotel gemietet hatte.

»Ihr könnt das Kuvert gerne hier abgeben!«, schlug der Portier schließlich in einem freundlichen Ton vor, der ihm sichtlich schwer fiel.

»Leider brauchen wir als Empfangsbestätigung die persönliche Unterschrift von Herrn Leinen«, behauptete Tasse, worauf Tina ihre Freundin für einen Augenblick sehr verwundert ansah. Davon war im Büro des Konzertveranstalters keine Rede gewesen. Dort hatten sie ohnehin nur eine Sekretärin angetroffen, die ihnen den Umschlag überreicht hatte, als befände sich darin der langweiligste und unwichtigste Prospekt der vergangenen zwanzig Jahre. Ausdrücklich hatte die Sekretärin darauf hingewiesen, dass Mike Leinen kaum anzutreffen war und es deshalb vollkommen genügte, das Kuvert am Tresen zu hinterlegen.

Tasse pokerte, weil sie Mike Leinen nach dem Schlagzeug fragen wollte. Das wurde Tina schlagartig klar. Sofort setzte sie eine Miene auf, die Tasses gewichtige Worte unterstützen sollte.

Auch Mischa begriff und blickte schnell auf den Fußboden, damit der Portier sein Schmunzeln nicht sehen konnte. Nur Lars schaltete mal wieder im Telekom-Tempo. »Aber die Sekretärin hat doch …«, konnte er gerade sagen. Seine Einwendungen wurden schmerzhaft unterbrochen. Tina hatte ihm mit dem Inlineskate einen gezielten Tritt direkt unter den linken Schienbein-Schützer verpasst.

Leider war Mischa auf die gleiche Idee gekommen und hatte Lars zeitgleich gegen das rechte Bein getreten.

Lars sackte mit einem lauten Schrei zusammen und hielt sich die Beine. Der erste Japaner hielt bereits seinen Fotoapparat schussbereit. Mischa tat seine Aktion sofort Leid. Noch bevor er sich entschuldigen konnte, hatte Tina allerdings in dem doppelten Tritt eine neue Chance entdeckt. Sie warf ihren Arm um Lars' Hals und rief entsetzt: »O je, jetzt hat er wieder seinen Anfall!«

»Was?«, wunderte sich Mischa.

»Wie bitte?«, fragte der Portier.

»Klick«, machte die Kamera eines Japaners.

»Schnell, er muss lang liegen!«, brüllte Tina den Portier an.

»Aber ...«, wollte Lars sich wehren.

Tina boxte ihm in die Seite. *Wenn der Junge bloß nicht immer so begriffsstutzig wäre*, dachte Tina bei sich.

Auch Mischa stand verwirrt da und wusste nicht so recht, was gerade geschah.

»Schnell!«, schrie Tina.

Der Portier eilte um den Tresen herum, schaute nervös in die Kameras der japanischen Reisegruppe, die vorsichtshalber schon mal ein erstes Blitzgewitter über Lars und den Portier ergoss, um ja nichts Wichtiges zu verpassen. Vielleicht war das hier ja ein speziell inszeniertes Touristen-Schauspiel als Überraschung für erlebnisfreudige Reisegruppen? Zeit genug für Tina, Mischa und Tasse zuzuzwinkern und Lars ordentlich eine in die Seite zu verpassen, damit er nochmals aufschrie.

»Welche Zimmernummer, sagten Sie, hat Mike Leinen?«, fragte Tasse in die entstehende Hektik hinein.

Der Portier hatte bisher dazu gar nichts gesagt. In der Aufregung aber antwortete er: »543.«

Das genügte. Noch bevor der Portier bei Lars und Tina angekommen war, packte Tasse Mischa am Kragen, zog ihn mit sich und rollte zum Fahrstuhl, der praktischerweise gerade geöffnet unten stand.

Der Portier beugte sich besorgt zu Lars hinunter. Sein Kollege versicherte der japanischen Reisegruppe, dass es dort auf dem Fußboden nichts weiter zu sehen gab, wehrte sich mit der Hand gegen die zahlreichen Aufnahmen, die dabei von ihm geschossen wurden, und rief zum dritten Portier hinüber, er möge doch mal nach einem Arzt rufen.

Tina beobachtete, wie sich die Fahrstuhltür hinter Tasse und Mischa schloss, und antwortete: »Vermutlich geht es schon wieder. Das hat er öfter. Kreislauf in der Pubertät, wissen Sie?«

Der Portier nickte, wusste aber überhaupt nicht.

»Was ist denn los?«, fragte Lars und rappelte sich langsam wieder auf.

»Schon gut, mein Bester«, sprach Tina beruhigend auf Lars ein und tätschelte ihm den Kopf wie einem kranken Pferd. »Am besten, du gehst ein bisschen an die frische Luft!«

»Aber wieso?«, wollte Lars wissen, der immer noch nicht begriff, was Tina da eigentlich mit ihm trieb. Er fühlte nur noch Schmerzen in den Beinen und in der linken Hüfte.

Tina zwickte ihn leicht und fauchte leise durch die Zähne: »Weil es besser für uns alle ist, glaube mir einfach!«

Lars schwieg und ließ sich durch die Drehtür hinausschieben, während der Portier erschöpft wieder an seinen Platz ging. Plötzlich blieb er stehen, drehte sich mehrmals um sich selbst und fragte sich, ob es zu Beginn des Durcheinanders nicht vier Kinder gewesen waren.

»Teppiche sind echt blöd für Inlineskates«, stellte Mischa fest, nachdem er zwei Schritte über die dicke Auslegeware im fünften Stock gestolpert war.

»Stimmt«, pflichtete Tasse ihm bei. »Leider kommt die Prominenz nur selten auf Inlinern hier ins Hotel.« Sie hätte nie gedacht, dass es in einem Luxushotel so lange Gänge geben würde.

»Sag mal«, nutzte Mischa die Zeit, in der sie das richtige Zimmer suchten. »Den Portier hast du dir ja ganz schön zur Brust genommen. Hast du gar keinen Respekt vor solchen Aufpassern?«

Tasse blieb verwundert stehen. »Wieso? War ich unhöflich?«

»Nein«, gab Mischa zu. »Aber . . .«, er suchte nach dem richtigen Wort, ». . . doch sehr forsch.«

»Freundlich, aber bestimmt!«, korrigierte Tasse ihn. »So lautet jedenfalls das Motto meines Vaters, wenn er mal wieder gut zahlende Gäste aus dem Restaurant befördern muss, die mehr als einen über den Durst getrunken haben.« Und dann ergänzte sie: »Der Trick dabei ist, dass du dir selbst nicht weniger wert vorkommst als der andere, bloß weil er reicher, berühmter oder größer ist – oder einfach nur, weil er eine Uniform trägt.«

»Klingt gut«, fand Mischa und fügte zweifelnd hinzu: »In der Theorie.«

Tasse lachte ihn an. »Für die Praxis habe ich mir einen eigenen speziellen Trick ausgedacht.«

Mischa guckte Tasse interessiert an.

Grinsend erklärte Tasse: »Ich stelle mir die Autoritätspersonen immer als Röntgenbild vor. Und schon wird dir sehr schnell klar, dass selbst die wichtigsten Leute keine Götter sind, sondern Menschen, die genauso funktionieren wie du und ich. Und mit einem Mal hören deine Knie auf vor Angst zu schlottern.«

»Toll!«, fand Mischa.

Dann machten sich die beiden weiter auf den Weg, um Zimmernummer 543 zu finden.

RANDALE

Größere Unwetter kündigen sich durch klar erkennbare Vorzeichen an. Zunächst kommt etwas Wind auf, der schnell stärker wird. Dunkle Wolken ziehen auf. Mitten am Tag wird es dunkler und dunkler. Von weitem hört man es schon grummeln. Dann endlich platschen schon die ersten Tropfen aufs trockene Pflaster.

Auch andere unangenehme Ereignisse haben ihre Vorboten.

Tina waren sie überhaupt nicht aufgefallen. Aber als Lars sich von dem Schock erholt hatte und sich nun draußen vor der Tür des großen Hotels von Tinas Hieben und Tritten ausruhte, stellte sich mit einem Mal ein ekliges Gefühl in seinem Genick ein.

Er hätte dieses Gefühl nicht beschreiben können, aber er wusste, was es bedeutete.

Irgendjemand beobachtete ihn. Immer spürte er es auf diese eigenartige Weise, wenn ihm jemand heimlich nachstellte. Lars hatte ein besonderes Talent dafür. Er hätte sich glatt an Ladendiebe als lebenden Seismografen für Kaufhausdetektive vermieten können, so untrüglich warnte ihn sein Gefühl vor unerwünschten, heimlichen Blicken.

Lars rieb sich am Hinterkopf. Leise flüsterte er Tina zu: »Fällt dir etwas auf? Irgendjemand hat uns auf dem Kieker!«

Tina wandte sich erschrocken um.

Lars hielt sie fest. »Ganz ruhig bleiben«, schlug er vor. »Muss nicht gleich jeder mitkriegen, dass wir etwas gemerkt haben.«

»Aber ich habe gar nichts gemerkt«, gab Tina zurück. »Wie kommst du darauf?«

Lars sparte sich die Erklärung.

Stattdessen nahm er seine Umgebung aus den Augenwinkeln heraus scharf ins Visier.

Und tatsächlich: Da vorne an dem Taxistand; dieser junge, schlanke Mann in schwarzer Lederjacke mit schwarzer Sonnenbrille. Er schlenderte mit Händen in den Hosentaschen vor einem Taxi auf und ab.

Lars tippte Tina an und zeigte unauffällig auf den Mann. »Der da!«, sagte er knapp.

Tina prustete los: »Du siehst Gespenster, mein Lieber. Das ist ein ganz normaler Taxifahrer. Sein Wagen steht als sechster in der Reihe. Deshalb vertritt er sich nur ein bisschen die Beine.«

»Blinde Nuss!«, antwortete Lars. »Sieh doch mal genau hin! In jedem Wagen sitzt doch schon ein Fahrer!«

Tina musste die Augen zusammenkneifen und den Kopf ein wenig vorstrecken, um durch die reflektierenden Autoscheiben hindurch in den Innenraum der Taxis sehen zu können. »Tatsächlich!«, staunte sie. »Du hast Recht.«

»Und der Typ an der Eingangstür vom Hotel ist auch nicht gerade das, was man sich unter einem gesetzten, wohlhabenden Geschäftsmann vorstellt, wenn du mich fragst!«, ergänzte Lars und zeigte auf einen jungen, muskulösen Mann in dunklem Anzug mit weißem Hemd und schwarzer Krawatte, der ebenfalls eine schwarze Sonnenbrille trug.

»Was sind das für Leute?«, fragte Tina. Instinktiv pflückte sie sich Watson von der Schulter, legte ihn sich auf den Schoß, wo sie ihn besser beschützen konnte.

Lars lachte kurz, aber trocken: »Profigangster oder Profiaufpasser, würde ich sagen!«

Tina zuckte zusammen. Ihr gefielen beide Möglichkeiten nicht besonders.

»Hier ist es!«, freute sich Tasse. Sie holte mit der Hand aus, um an die Tür des Zimmers 543 zu klopfen, als ihr Arm von hinten festgehalten wurde. Erschrocken fuhren Tasse und Mischa herum. Sie hatten zuvor niemanden im Flur gesehen. Der Mann musste wie ein Phantom um die Ecke geschossen sein.

Tasse brauchte keine fünf Sekunden, um den Mann, der noch immer ihren Arm hielt, innerlich in die Kategorie »oberätzend« abzulegen. Dunkle Hose, weißes Hemd, schwarzer Schlips, schwarze Lederjacke, Bürstenhaarschnitt und schwarze Sonnenbrille, was hier oben im lichtschwachen Flur besonders albern erschien. Das Furchtbarste aber: Er trug einen dünnen schwarzen Kinnbart wie eine Ziege! Tasse mochte Schnurrbärte, wie ihr Vater einen trug und auch ihr Großvater. Aber diese Ziegenbärte waren wirklich das Allerletzte!

»Wohin wollen wir denn?«, fragte Ziegenbart.

»Ich weiß nicht, wo *Sie* hinwollen!«, antwortete Tasse forsch. »Ich aber bin vom Kurierdienst und habe Herrn Leinen etwas zu bringen.«

»Vom Kurierdienst?«, fragte Ziegenbart verwundert. »Und da hat der Portier dich durchgelassen? Dem haben sie wohl das Gehirn amputiert! Das gibt Ärger!«

»Würden Sie freundlicherweise meinen Arm loslassen?«, setzte Tasse nach. Freundlich, aber bestimmt, wie ihr Vater es sie gelehrt hatte.

»Nix da!«, fuhr ihr Ziegenbart über den Mund. »Erst mal sehen, wer du wirklich bist!«

Mit seiner freien Hand griff sich Ziegenbart an den Hosenbund und hielt sich in der nächsten Sekunde ein Funkgerät vors Gesicht.

»Na hören Sie mal!«, empörte sich Mischa. »Wir sind vom Kurierdienst Rattenzahn und . . .«

». . . hör auf mich voll zu sülzen!«, raunzte der Ziegenbart Mischa an. »Kurierdienst! Dass ich nicht lache! Ihr seid zwei kleine freche Kids, die sich an Ching Chang Chong ranschleichen wollen. Ich gebe zu, ihr seid recht pfiffig, aber Papa Schorsch haut man nicht so leicht übers Ohr!«

Das Funkgerät piepste und rauschte.

»Posten dreizehn!«, gab Ziegenbart mit wichtiger Miene durch.

Tasse seufzte tief und laut.

»Hier muss irgendwo ein Nest sein!«, fand Lars.

Mit einem Male tauchten immer mehr sonnenbebrillte Gestalten auf.

Der Mann am Taxistand ließ sie nicht aus den Augen, zu dem am Eingang hatte sich ein zweiter gesellt. Ein weiterer schritt den Parkplatz ab. Selbst auf der gegenüberliegenden Straßenseite schlenderten jetzt zwei von diesen Schwarzschlipstypen hin und her.

Zwei Streifen- und ein Mannschaftswagen der Polizei leisteten ihnen nun Gesellschaft. Die Beamten schleppten Absperrgitter herbei und sprachen sich mit den Schwarzschlipsen ab, wo eine Einfahrt freigelassen werden sollte.

Das bevorstehende Ereignis war nun so unübersehbar wie ein nahendes Gewitter.

»Da braut sich was zusammen!«, war sich auch Tina jetzt sicher. »Es wäre ganz gut, wenn Mischa und Tasse allmählich wieder auftauchen würden.«

Das war auch Lars' Meinung. Er beobachtete einen weißen PKW. Einen jener Marken, denen man nicht ansah, ob Opel gerade einen VW nachgebaut oder Ford einen Toyota kopiert hatte, die zuvor Mitsubishi mit einem Touch Volvo nachgeahmt hatten. Vermutlich war es am Ende ein französisches Modell der neuen Einheitslimousinen.

Der Fahrer hatte noch nicht einmal die Handbremse angezogen, als schon ein Polizist neben dem Wagen stand und neugierig durchs Seitenfenster schaute. »Hier können Sie nicht stehen bleiben!«, lautete die knappe Feststellung des Beamten.

Während der Fahrer einen vollkommen nutzlosen Versuch unternahm, mit dem Polizisten in größere Verhandlungen einzutreten, stieg der Beifahrer aus. Er hatte drei Fotokameras um den Hals hängen und trug zusätzlich noch zwei Fototaschen über den Schultern.

»Presse!«, war für Lars sofort klar.

Die weiße Limousine musste ihren Standort verlassen. Aber sie war nur die Vorhut einer großen Karawane. Kaum war der weiße Wagen den Anweisungen des Polizisten gefolgt, als drei weitere Wagen vor der Tür parkten und ebenfalls unrasierte Männer mit vielen Kameras um den Hals ausspuckten.

Als hätte es in Berlin eine große, geheime Verabredung gegeben, von der nur der Kurierdienst Rattenzahn nichts wusste, kamen neben den Pressevertretern nun auch die ersten Schaulustigen zusammen. Darunter auffällig viele Jugendliche in Tinas Alter mit Rasta-Locken, wie die Sängerin Lea sie manchmal trug, ausgerüstet mit Klick-Kameras, kleinen Teddybären und Ching-Chang-Chong-T-Shirts.

Mit großen Augen beobachteten Tina und Lars, in welch rasantem Tempo sich der gesamte Vorplatz des Interconti-Hotels verwandelte. Eben noch ein Eingang, der eigentlich nur aus einer langweiligen Autoein- und ausfahrt mit davor gelegenem Taxistand bestand, glich dieser Ort jetzt eher einem Rummelplatz ohne Buden. Innerhalb weniger Minuten hatten sich mindestens hundert oder hundertfünfzig Teenies vor dem Hotel eingefunden, die sich an den Absperrungen drängelten, ihre Klick-Kameras in Schussposition hielten und mit ihren Plüschteddys wedelten.

Die Beamten hatten sich dicht an den Absperrungen zusammengezogen und achteten peinlich genau darauf, dass die Gitter nicht verschoben wurden. Hinter den Polizisten wachte ein Dutzend Schwarzschlipse über – ja, worüber eigentlich? Vermutlich darüber, dass die Polizisten alles richtig machten. Darüber hinaus nämlich war der Sinn dieser Wichtigtuer mit Sonnenbrille nicht auszumachen.

Aber so genau konnten Tina und Lars es nicht mehr sehen. Ihnen war die Sicht zum Eingang des Hotels versperrt. Tina konnte gerade noch erkennen, dass einer der Sonnenbebrillten etwas in sein Funkgerät sprach.

Es piepte und rauschte.

Dann war undeutlich eine Stimme zu hören. Tasse spitzte die Ohren, um mitzubekommen, was Ziegenbarts Gesprächspartner am anderen Ende der Leitung wohl zu sagen hatte.

»Es geht los!«, konnte sie aus dem fürchterlichen Rauschen heraushören.

»Soll ich dir die beiden Kids runterschicken?«, fragte Ziegenbart, wobei er viel sagend auf Tasse und Mischa hinabblickte.

»Was soll ich denn mit denen? Ich habe doch gesagt, es geht los!«, blaffte es Ziegenbart aus dem Funkgerät entgegen.

Tasse konnte sich ein freches Schmunzeln nicht verkneifen. Da hatte sich das Blockflötengesicht vor ihr so wichtig damit aufgeplustert, sie und Mischa aufgehalten zu haben, und dann wollte keiner seiner Kollegen etwas davon wissen.

Ziegenbart entging es nicht, dass er mehr und mehr in eine recht peinliche Situation geriet. »Was soll denn das heißen?«, entrüstete er sich. »Ich kann die beiden hier doch nicht verhungern lassen. Und meinen Posten verlasse ich nicht. Schließlich bin ich hier direkt ...«

»Oh Mann!«, unterbrach ihn sein Kollege unter erneutem Rauschen und Piepen. »Die Mädels kommen gleich. Hier drängeln sich schon wieder fast 200 Kids vor dem Eingang.« Es knartschte und knirschte in der Funkverbindung. Dem folgte ein lautes Knacken.

»Hey!«, rief Ziegenbart. »Was ist? Hörst du mich?«

» . . . oh, verdammter Mist. Was wollen die denn hier?«, schrie es aus dem Funkgerät.

Es war deutlich zu hören, dass diese Bemerkung nicht für Ziegenbart bestimmt war.

Sein Kollege hatte offenbar noch immer die Sprechtaste gedrückt, redete aber mit ganz anderen Leuten.

»Die Bullen sollen sich drum kümmern!«

Knirschen. Piepsen.

»Wie viele sind denn das?«

Ziegenbart schlug ärgerlich auf das Funkgerät. »Hey! Posten sieben! Peter! Was ist denn?«

Die aufgefangenen Wortfetzen hatten Ziegenbart sichtlich nervös gemacht. Irgendetwas lief da unten nicht wie geplant.

»Haben die Waffen?«, hörte Ziegenbart noch. Dann war die Verbindung endgültig unterbrochen.

Tasse und Mischa zuckten zusammen. Waffen?

Auch Ziegenbart sah nicht gerade fröhlich aus. Nachdenklich biss er sich auf die Lippen.

»Dicke Luft da unten, was?«, fragte Tasse vorsichtig nach.

Ziegenbart ruckelte kurz, als sei er gerade aus einem Traum erwacht, und wandte sich wieder Tasse zu: »Was geht euch das an? Ihr müsst jetzt hier verschwinden!«

»Aber wohin denn?«, hakte Mischa ein. »Etwa nach unten, wo irgendjemand Waffen hat? Nie im Leben gehe ich da allein hinunter!«

Es war kein Trick von Mischa. Er hatte wirklich Bammel. Die wenigen Worte, die er aus dem Funkgerät vernommen hatte, hatten nicht besonders Vertrauen erweckend geklungen.

Ziegenbart wirkte von Minute zu Minute nervöser. Er wusste schließlich auch nicht, was da unten los war. Sein Kollege hatte jedenfalls sehr merkwürdig geklungen. »Hier könnt ihr aber auch nicht bleiben!«, entschied er. So weit kam es noch, dass er auf zwei dahergelaufene Kids aufpasste!

Ziegenbart wurde in seiner mühsamen Entscheidungsfindung gestört, denn plötzlich öffnete sich die Tür Nummer 543 und es erschien ein kleiner, untersetzter Mann mit halber Glatze. Seinen Haarkranz hatte er dagegen lang wachsen lassen und ihn im Nacken zu einem Zöpfchen geflochten.

»Sind sie schon da?«, fragte der Mann.

Ziegenbart schüttelte den Kopf. »Aber irgendwas geht da unten vor. Peter wirkte sehr gestresst und seitdem hat er sich nicht wieder gemeldet.«

»Was soll das heißen?«, bölkte der Untersetzte sofort los. »Ich denke, die Bullen sorgen dafür, dass die Mädchen durchkommen?«

Mischa und Tasse sahen sich viel sagend an. Die Mädchen? Kam die berühmte Rap-Gruppe Ching Chang Chong heute schon?

Ziegenbart zuckte mit den Schultern.

Der Untersetzte wollte gerade mürrisch die Tür zuknallen, als er plötzlich Mischa und Tasse entdeckte.

Mit einem vorwurfsvollen Seitenblick auf Ziegenbart brummelte er die beiden an: »Wer seid *ihr* denn?«

»Kurierdienst Rattenzahn!«, strahlte Tasse ihm entgegen. Das Zweite, was sie von ihrem Vater gelernt hatte: Immer strahlen! Freundlich, aber bestimmt; und immer strahlen!

»Was für'n Zahn?«, fragte Zöpfli.

Tasse strahlte ihn an. »Rattenzahn«, wiederholte sie. »Kurierdienst Rattenzahn. Wenn sie Mike Leinen sind, haben wir Post für sie!«

»Soso!«, bemerkte Zöpfli, riss Tasse erst den Umschlag aus der Hand und dann dessen Kante auf.

Den nach einem Schlagzeug zu fragen kann man aber knicken, war Mischa in diesem Augenblick sicher.

Tasse strahlte weiter.

Zöpfli zerrte den Inhalt aus dem Umschlag, blätterte die drei Seiten flüchtig durch, die darin gelegen hatten, und fluchte: »Scheiße! Hab ich doch gesagt! Die können den Gig nicht absagen! Hier!«

Er klopfte mit dem weißen Drei-Seiten-Brief gegen Ziegenbarts Schulter, der artig nickte, aber keinen blassen Schimmer hatte, wovon Zöpfli sprach.

»Von der Konventionalstrafe, die uns dann droht, kannste dir ein Eigenheim bauen, Alter!«, stellte Zöpfli klar. »Mit Swimmingpool!«

»Ach!«, machte Ziegenbart.

Und Zöpfli schloss die Tür. Doch etwas klemmte. Er öffnete sie wieder, sah hinunter und bemerkte Tasses Rollschuh im Türrahmen. Verdattert über so viel Dreistigkeit sah er Tasse an.

»Zweiundzwanzig Mark fünfzig!«, sagte Tasse.

»Bitte?«, fragte Zöpfli.

»Der Absender hat gesagt, der Empfänger zahlt. Macht zweiundzwanzig Mark fünfzig. Ich habe doch gesagt, wir sind ein Kurierdienst!«

»Mann!«, schimpfte Zöpfli, zögerte, klopfte sich prüfend auf die Hosentaschen, zuckte mit den Schultern, sah für einen Moment fragend auf Ziegenbart, verwarf offenbar den Gedanken und stotterte: »Moment!«

Er verschwand im Zimmer.

Tasse zögerte keine Sekunde. Mischa wollte sie noch festhalten. »Du kannst doch nicht ...«, wollte er ihr gerade sagen. Aber Tasse war schon ins Zimmer gerollt.

Ziegenbarts Ziegenbart rutschte mitsamt Kinn ein Stockwerk tiefer. Ehe er einen Ton herausbrachte, schaltete Mischa. Er rollte seiner Freundin hinterher und schloss die Tür hinter sich.

Ziegenbart schnappte nach Luft, machte einen Schritt auf die Tür zu und hielt kurz inne. Konnte er es wagen, einfach so ins Zimmer zu platzen? Er war nur ein Wachmann, er hatte anzuklopfen. Andererseits, wenn die frechen Kinder ...

Ziegenbart zögerte. Dann entschied er sich. Wenn Mike Leinen die Kinder nicht hinauswarf oder nach ihm rief, würde der schon seinen Grund dafür haben. Diskretion und Zurückhaltung, das waren zwei Dinge, die ihm immer wieder von seinen Vorgesetzten eingebläut worden waren. Eine unmittelbare Gefahr für seinen Schutzbefohlenen war schließlich nicht zu erkennen. Ziegenbart grummelte noch etwas und blieb vor der Tür stehen.

Tina stieß Lars in die Seite. »Gleich gibt's Zoff!«, war sie sich sicher. Sie zeigte hinüber auf die andere Straßenseite, auf der sich etwa zwanzig kräftige, durchtrainierte junge Männer mit kahl rasierten Köpfen zusammengefunden hatten. Sie trugen schwere Springerstiefel, in die sie ihre militärischen Kampfhosen gestopft hatten, und grüne Bomberjacken. Einer der Kahlköpfe hielt ein selbst gemaltes Schild in den Händen, auf dem stand:

Nigger – raus aus Deutschland!

Die anderen hielten ihre rechten Arme ausgestreckt in die Höhe, wobei sie drei Finger spreizten. In der Linken hielten die meisten ein billiges Dosenbier.

»Schwarzes Pack, raus aus Deutschland! Deutschland den Deutschen!«, grölten sie mit ihren versoffenen Stimmen.

»Skinheads! Die haben gerade noch gefehlt!«, seufzte Lars. »Wir sollten sehen, dass wir hier wegkommen. Wo solche Typen auftauchen, ist die Randale nicht weit!«

Tina nickte. »Aber nicht ohne Mischa und Tasse«, machte sie zur Bedingung. Lars war einverstanden.

Die Schwarzschlipse riefen sich über Funkgeräte aufgeregt irgendwelche Hinweise und Anweisungen zu. Die Polizisten taten nichts.

Die Ching-Chang-Chong-Fans ließen ein ohrenbetäubendes Pfeifkonzert ertönen. Wütend drohten sie mit erhobenen Fäusten zu den Skinheads hinüber, was bei denen aber nur ein lautes Gelächter hervorrief. Sie wussten, dass diese zarten Teenies mit ihren Kuschelteddys ihnen, den gewalterprobten Kampfsportlern, nicht das Geringste anhaben konnten, egal ob es hundert, hundertfünfzig oder dreihundert Fans waren.

Nur die Präsenz der Polizei hielt die Schläger davon ab, die Straßenseite zu wechseln und den Teeniehaufen platt zu machen.

Tina hatte ein ungutes Gefühl im Magen. Ungeduldig blickte sie hinüber zu dem Hoteleingang. Wo blieben bloß Mischa und Tasse?

»Sie kommen!«, rief plötzlich jemand. Doch damit waren keineswegs die fehlenden Mitglieder des Kurierdienstes Rattenzahn gemeint.

Das Pfeifkonzert gegen die Skinheads wandelte sich im Bruchteil einer Sekunde zu einem Kreischen der Begeisterung.

Die Skinheads auf der anderen Seite versuchten mit ihrem »Deutschland! Deutschland!«-Gebrülle dagegen anzugehen, aber vergebens.

Genau zwischen den Kontrahenten hielt ein schwarzer Mercedes, der von sechs Polizeimotorrädern eskortiert wurde.

Tina drückte Watson ganz eng an sich, der wegen des furchtbaren Lärms um ihn herum am ganzen Leib zitterte. Ängstlich sah sie zum Hotel. Von Tasse und Mischa keine Spur.

Die Tür des Mercedes 600 öffnete sich. Ein Bein war zu sehen. Die hundertfünfzig Fans hielten sich die Hände an die Köpfe, schrien, kreischten, winkten, warfen ihre Plüschteddys zu der Limousine.

Die Polizisten stemmten sich gegen die Absperrung. Die Fans drängten von hinten nach. Auch sie wollten etwas von ihren Idolen sehen.

Das Bein verließ das Auto. Ihm folgte eine Frauengestalt.

Tina sah nichts als hüpfende, springende Teenies vor sich. Sie schafften es, den ohrenbetäubenden Lärm noch einmal zu steigern. Denn jetzt stieg Lea auf der anderen Seite des Wagens aus.

»LEA! LEA!«, schrien sich die Fans ihre Seele aus dem Leib.

»NIGGER RAUS!«, hallte es von der anderen Seite entgegen.

Lea blieb für einen Moment bestürzt stehen. Sie drehte sich um zu den Skinheads, sah, was sie nicht fassen konnte.

Johlend wippten die Schläger mit ihrem gehässigen Transparent.

Lea atmete tief durch und zeigte den Skinheads den ausgestreckten Mittelfinger.

Tosender Beifall der Fangemeinde peitschte über das Pflaster.

Wütend reckten die Skins die Fäuste.

Lea drehte ihnen den Rücken zu und winkte den Fans dankbar zu. Sie küsste ihre spitzen Finger und warf den Teenies fliegende Küsse zurück.

»LEA! LEA!«, kreischten die Fans und hielten Transparente hoch.

»Lea! Wir stehen zu dir!«, war darauf zu lesen. Die in der ersten Reihe reckten sich, so weit wie es nur ging, über die Absperrung und versuchten den Superstars Zettel und Stift zukommen zu lassen, damit sie ihren Namen darauf schreiben konnten.

Von hinten flogen noch immer einige Kuschelteddys durch die Luft.

Die ersten Mädchen weinten, schluchzten, zerzausten sich die Haare. Sie wussten nicht, wohin mit ihren Gefühlen. Sie hatten ihre Idole gesehen. Leibhaftig. Nur zehn Meter von ihnen entfernt.

»LEA! LEA!«

Das dritte Mädchen stieg aus dem Wagen. Die Begeisterung erreichte noch einmal einen weiteren Höhepunkt.

Lea ging ganz dicht an ihre Fans heran. Ein leichtes Lächeln huschte über ihr Gesicht. Sie griff nach einigen Händen, schüttelte sie.

Und in dem Moment passierte es.

»NIG-GER RAUS!«

Auf ein einziges Kommando spurteten die Skinheads los.

»NIG-GER RAUS!«

Sie schleuderten ihre Bierdosen wie eine Maschinengewehrsalve auf die Versammlung.

»NIG-GER RAUS!«

Entsetzt schrien die Fans auf, duckten sich und hielten sich schützend die Hände über die Köpfe.

»NIG-GER RAUS!«

Im monotonen Rhythmus entschlossener Sturheit wiederholten die Schläger ihre drohende Parole.

»NIG-GER RAUS!«

Die Skins waren vorbereitet. Nach den Bierdosen folgte

die schwere Artillerie. Eine Salve Steine hagelte auf die Fans und ihre Idole.

Erschrocken sahen sich die Polizisten um. Sie konnten ihre Posten nicht verlassen, dann würde die Absperrung brechen und die Stars würden nicht mehr vor ihren Fans geschützt sein. Der Weg für die Skins war frei. Aber das durfte er nicht. Zu gefährlich waren die abgefeuerten Geschosse. Unsicher blickten die Beamten zwischen Skinheads und Fans hin und her, zwischen denen sie zerrieben wurden. Wo blieb die Anweisung von oben? Man musste doch gegen die Skins vorgehen! Aber der Befehl blieb aus. Durfte man ohne Befehl seinen Posten verlassen und eigenmächtig eingreifen? Niemand wagte es, obwohl offensichtlich war, von wem hier die Gefahr ausging.

Hektisch stürmten die Schwarzschlipse heran.

Aus einem kleineren Mercedes, der hinter dem 600er geparkt hatte, sprangen vier Männer in ebenfalls dunklen Anzügen. Sie sprinteten den Skins mutig und entschlossen entgegen.

Wie ein Trommelfeuer prasselten weitere Bierdosen und Steine auf die Rapstars und die Teenies ein. Eine volle Bierdose traf Lea am Hinterkopf. Sie schrie auf, tastete nach der getroffenen Stelle, besah sich die blutverschmierte Hand – und kippte um. Einer der Polizisten konnte sie gerade noch auffangen, damit sie nicht aufs Pflaster knallte.

Die Schwarzschlipse hatten plötzlich Knüppel in den Händen, die sie aus ihren Lederjacken gezogen hatten. Die vier Leibwächter aus dem Mercedes trugen mit einem

Mal sogar Pistolen. Einer feuerte zwei Warnschüsse in die Luft ab.

Darauf hatten die Skinheads nur gewartet. Sie hatten erreicht, dass die Gewalt in Sekundenschnelle eskaliert und die Lage völlig unübersichtlich geworden war. Niemand hatte gesehen, wo sie die Dinger vorher versteckt hielten, aber innerhalb von Sekunden waren alle Skinheads mit Baseballschlägern bewaffnet und machten ohne den geringsten Skrupel davon Gebrauch. Wild schlugen sie auf alles, was sich vor ihnen bewegte.

»Bringt die Mädchen weg!«, schrie einer der Schwarzschlipse mit hochrotem Kopf, wobei er nicht etwa die Fans meinte, sondern die drei von der Gruppe Ching Chang Chong.

»Scheiße, verdammte!«, fluchte Lars. »Ich hab's doch gesagt. Wo die Typen auftauchen, ist immer Randale!«

ALLES ZERSTÖRT

»Dann ist es also abgemacht?«, wagte Mischa schüchtern nachzufragen.

Mike Leinen wühlte in einigen Papieren. Mit einem leichten Schmunzeln blickte er auf, öffnete den Mund zu einer Antwort und – die Tür zum Hotelzimmer schlug krachend auf, als wollte sie jemand mutwillig aus dem Rahmen sprengen.

Tasse und Mischa zuckten erschrocken zusammen.

Mike Leinen sprang auf. »Was . . .?«, brachte er nur heraus. Dann sah er es schon.

Zwei Wachmänner hielten die blutende Lea im Arm. »Wo ist ihr Zimmer?«, rief einer der beiden.

»Am Ende des Flures!«, antwortete Mike. »Lasst sie einfach hier! Mein Gott, was ist passiert?«

»Nur eine Platzwunde!«, beruhigte der andere Wächter, während er mit Hilfe seines Kollegen Lea behutsam aufs Bett legte. Sie sah benommen aus und hielt sich noch immer die blutende Wunde am Kopf.

»Nur eine Platzwunde?«, schrie Micki, eines der drei Ching-Chang-Chong-Mädchen. »Ich glaub, ich spinne! Nur eine Platzwunde! Ha! Was wäre, wenn Lea von einem Stein statt von einer Dose getroffen worden wäre, hä?«

Der Rapstar kriegte sich gar nicht mehr ein. Fast schon

hysterisch schrie sie den Wachmann an, der für ihre Sicherheit verantwortlich war.

Der bekam ein knallrotes Gesicht vor Verlegenheit, zuckte hilflos mit den Schultern. »Sie haben doch selbst gesehen, wie unübersichtlich die Lage war!«

Jerry, die Kleinste der Mega-Star-Truppe, kniete derweil vor dem Bett, hielt Lea die freie Hand und sprach ihr beruhigend zu. Zwischendurch drehte sie sich um und brüllte durchs Zimmer: »Streiten könnt ihr euch später. Wo bleibt der Arzt, verdammt!«

Micki warf dem Wachmann noch einen giftigen Blick zu. Der schluckte tief, weil er wusste, dass er künftige Aufträge von diesem Millionärstrio getrost in der Pfeife rauchen konnte.

»Schon da!«, flötete ein junger, gut aussehender Mann, der das Zimmer nicht betrat, sondern geradezu hineinschwebte.

Micki fuhr herum. »Wer sind *Sie* denn?«

»Der Arzt!«, sagte der junge Mann.

»Wieso kennen wir Sie nicht?«, fragte Micki scharf.

Der smarte Dressman lächelte die junge Frau charmant an: »Vermutlich sind Sie noch nie im Interconti krank geworden, meine Dame. Aber wir können gern noch ein halbes Stündchen hier plaudern, während ihre Kollegin dort vor sich hin blutet.«

Micki biss sich ärgerlich auf die Zunge, wich einen Schritt zurück. Der Arzt machte sich an die Arbeit zur Rettung eines Mega-Stars.

Jerry sah ihm besorgt dabei zu. »Wird sie durchkommen?«, fragte sie theatralisch.

Der Arzt blickte kurz zu ihr auf. »Ich denke, wir werden das medizinische Wunder vollbringen, eine zwei Zentimeter lange Platzwunde zu nähen«, gab er amüsiert zurück.

Tasse kicherte in sich hinein.

Jerry fuhr wie eine Furie herum: »Wer ist das denn?« Ihr Arm schnellte hervor wie der Pfeil aus einer Harpune und zeigte auf Tasse.

Tasse machte sofort ein ernstes Gesicht, spürte, dass sie einen Schweißausbruch bekam und ihre Hände zu zittern anfingen. Dort unten vor dem Hotel standen Hunderte Teenies, die alles dafür gegeben hätten, einen Blick in dieses Zimmer werfen zu dürfen, und sie legte sich mit den Mega-Stars an!

Mischa kam ihr zu Hilfe: »Kurierdienst Rattenzahn!«, stellte er sich vor: »Ich bin Mischa und das ist Anastasia!«

Das war das Stichwort für Micki. »Kurierdienst?«, brauste sie auf. Mit zwei schnellen Schritten stand sie vor dem Wachmann, den sie fünf Minuten zuvor schon einmal zur Schnecke gemacht hatte. »Was macht in diesem Zimmer ein Kurierdienst? Kann hier jede Knackwurst rein- und rauslaufen oder wie sehe ich das?«

Der Wachmann wäre in diesem Augenblick am liebsten im Erdboden versunken. Mit der unübersichtlichen Lage konnte er nicht noch einmal argumentieren. Hilflos brabbelte er unverständliche Laute vor sich hin. Seine Kollegen unterdessen reagierten sofort. Zwei Männer packten Tasse und Mischa an den Armen und wollten sie sofort hinausbefördern.

Tasse entriss sich den Wächtern. »Hey!«, protestierte sie. »Was heißt denn hier jede Knackwurst? Was bist du denn für eine eingebildete Zicke?«

Micki stützte entrüstet ihre Hände in die Hüfte. Mischa konnte es nicht fassen, wie Tasse mit dem Superstar umsprang.

»Wir haben Herrn Leinen ein Kuvert überbracht – und hatten etwas mit ihm zu besprechen!«, erklärte Tasse.

Mickis Kopf fuhr herum zu Mike Leinen.

»Na ja«, entschuldigte sich Mike. »Ganz so war es ja nun auch wieder nicht.«

»Wie bitte?«, hakte Tasse nach.

»Mir scheißegal, was hier abging! Raus jetzt!«, schrie Micki. »Ich glaube, mein Hamster jodelt! Lea liegt verletzt auf dem Bett und blutet wie ’ne Sau und hier spielt der Punk der Bekloppten oder was? Raus hier! Alle! Aber schnell!«

Ihre Hand wies zum Ausgang.

Mischa ließ sich widerstandslos aus dem Zimmer zerren. Das Schlagzeug, das Mike Leinen ihm zugesagt hatte, konnte er auf der ganzen Linie vergessen.

Tasse leistete noch immer Widerstand. Zwei Männer schleiften sie hinaus vor die Tür. »Aber Sie haben uns ein Schlagzeug versprochen!«, rief Tasse verzweifelt und wütend Mike Leinen zu. Der drehte sich einfach um, als hätte er noch nie im Leben mit Tasse gesprochen.

»So, alles im Lot«, hörte Tasse noch den Arzt sagen, und »ein, zwei Tage Kopfbrummen, mehr wird nicht bleiben. Außer einer kleinen Narbe vielleicht.«

Rumms – die Tür war zu.

Aber auch durch die geschlossene Tür war Leas Schrei zu hören: »Eine Narbe? Sind Sie bescheuert? Ich kann mir doch keine Narbe leisten!«

Draußen wartete schon Ziegenbart, der als Einziger, sogar bei dem ganzen Tumult, vor der Tür warten musste. Froh endlich etwas zu tun zu haben nahm er Tasse und Mischa in Empfang und beförderte sie eiligst nach unten vors Hotel.

»Was ist denn hier los?«, fragte sich Tasse, als sie den Platz vorm Hotel sah. Der Asphalt war gespickt mit zerbeulten Bierdosen und Steinen. Etliche Bierpfützen breiteten sich wie stinkende Tümpel quer über den Platz aus. Fünfzig oder sechzig Jugendliche saßen, lagen oder hockten in dieser wüsten Landschaft, weinten, winselten und schluchzten, hielten sich geprellte Arme und blutende Köpfe. Mindestens zehn Sanitäter wuselten um die verletzten Teenies herum, verbanden hier einen Arm, schauten dort nach einem kaputten Bein und wickelten bei einem Dritten einen Kopfverband. Alle Augenblicke verließ ein Krankenwagen mit Blaulicht unter lautem Geheul den Taxistand, den alle Wagen hatten räumen müssen. Manche Verletzte waren schon einfach quer über die Straße ins kleine Privatkrankenhaus gebracht worden, das dem Interconti direkt gegenüberlag. Am Rande waren einige Polizisten zu sehen, die in den einzigen Mannschaftswagen stiegen und offenbar darauf warteten, abfahren zu können. Draußen standen nur noch wenige Polizisten herum, die noch einige Protokolle aufnahmen.

Tasse schüttelte den Kopf. Es waren deutlich weniger

Polizisten im Einsatz als bei Mischas Konzert in der Schulaula.

»Ein bisschen zu viel Randale in letzter Zeit für meinen Geschmack«, stellte Tasse nüchtern fest.

»Ja«, antwortete Mischa ihr abwesend. Er reckte den Hals, stellte sich dabei auf die Zehenspitzen und sah sich suchend um.

Tasse begriff, wonach er Ausschau hielt. »Ich hoffe, Tina und Lars haben sich rechtzeitig aus dem Staub gemacht.«

Mischa nickte. Das war auch seine Hoffnung.

Von den Skinheads wurde nicht ein Einziger verhaftet. Wie eine Heuschreckenplage war die Schlägerbande über die jugendliche Fangemeinde hergefallen, hatte blindwütig auf alles eingeprügelt, was sich bewegte, und war dann einem einzigen Befehl folgend wieder geschlossen abgezogen, hatte sich in zwei Kleinbusse verkrümelt und war mit quietschenden Reifen davongebraust. Es hatte insgesamt nicht länger als zwei, drei Minuten gedauert, um ein blutiges Schlachtfeld zu hinterlassen. Die Schwarzschlipse hatten in erster Linie ihre Stars in Sicherheit gebracht und dann mehr oder weniger hilflos auf den Einsatz der Polizei gewartet, der allerdings ausgeblieben war.

Tina und Lars hockten noch immer zitternd und atemlos im Eingang eines Restaurants, das noch geschlossen hatte. Beide hatten so eine Gewaltattacke noch nie erlebt. Klar, auch sie hatten schon oft in Zeitungen die bedrückenden Bilder von den Hooligans gesehen, die sich vor großen Fußballspielen regelrecht in den Krieg stürzten. Aber leibhaftig bei so einem Überfall dabei zu sein war doch etwas anderes.

Tina tastete nach Watson, der irgendwo auf ihrem Rücken etwas vermutlich sehr Wichtiges suchte.

Aus Lars' Hosentasche piepste etwas. Tina sah ihn böse an. Lars beendete mit einem Knopfdruck auf das gelbe Ei das Geräusch ohne nachzusehen, wie es dem Tamagotchi wohl ergehen mochte.

Tina bemerkte nicht, dass plötzlich jemand auf sie zukam.

»Heute in Grün?«, fragte der Fremde.

Tina zuckte zusammen und blickte erschrocken auf. Sie konnte allerdings sofort wieder erleichtert aufatmen. Vor ihr stand der »Blaue«, der Punker mit den blauen Haaren, den sie im Bunker kennen gelernt hatte.

Sie schmunzelte. Denn heute Morgen nach der Dusche hatte sie mit einem dicken Pinsel und Tusche einige Haarsträhnen grün eingefärbt. Es passte einfach besser zu dem T-Shirt, das sie unter ihrem schwarzen Netzunterhemd trug.

»Was machst du denn hier?«, fragte sie den Blauen.

»Das sollte ich euch fragen«, erwiderte der Blaue lächelnd. »Mit den Faschos ist nicht zu spaßen.«

»Mit wem?«, wollte Lars wissen.

Der Blaue sah ihn schon wieder so verächtlich an. »Den Faschos! Den Faschisten, von denen ihr eben beinahe etwas auf die Glocke bekommen hättet.«

»Ich dachte, das waren Skins«, wunderte sich Lars.

Der Blaue sah Lars an, als ob er einen Sprung in der

Schüssel hatte. »Wo ist denn da der Unterschied?«, fragte er Lars, der nur die Schultern zuckte. Woher sollte er denn das wissen? Irgendwie brachte dieser Punk ihn immer in Verlegenheit.

»Seid ihr heil davongekommen?«, fragte der Blaue Tina.

Tina nickte. »Mein Freund hier …«, sie stieß Lars zart von der Seite an, »… hat ein feines Gespür für Gefahren. Wir haben uns rechtzeitig davongemacht.«

Zum ersten Mal lächelte der Blaue Lars an.

Zu spät! Vor allem passte es Lars nicht, dass der Blaue Tina immer so neckisch anlächelte. Und Tina schien das auch noch toll zu finden. Er dachte immer, Tina würde auf Mischa abfahren? Alles an diesem Punk war ihm suspekt.

»Spielst du jetzt unseren Schutzengel?«, raunzte Lars den Punk an.

Tina warf ihm einen bösen Blick zu.

Lars zog eine Schnute.

Der Blaue lächelte schon wieder, machte mit der Hand eine Bewegung des Abschieds und wollte sich gerade umdrehen, als Tina ihn festhielt. »Wieso hast du eigentlich einen Fotoapparat dabei?«, fragte sie.

Der Punk erklärte es ihr.

Lars stöhnte und fütterte sein Tamagotchi.

VERSÖHNUNG

»Ich hab's doch gewusst!«, jubelte Tasse.

Ihr Vater sah sie sorgenvoll an. Es war schließlich nicht irgendein Ort, an dem seine Tochter aus heiterem Himmel vor Freude in die Luft sprang. Es war der Tresen seines griechischen Restaurants und Tasse hatte Spüldienst.

Nichts auf der Welt verabscheute sie mehr als in diesem Restaurant stehen und Gläser spülen zu müssen.

Normalerweise war es auch der Job ihres größeren Bruders. Tasse hatte sich geschickt für immer von diesem verhassten Dienst befreit, indem sie sowohl im Restaurant als auch zu Hause die Pflege sämtlicher Grünpflanzen übernommen hatte, eine Arbeit, die ihr als angehender Naturwissenschaftlerin große Freude bereitete.

An diesem Nachmittag allerdings lag der große Bruder mit Grippe im Bett, die Vertretung hatte keinen Babysitter gefunden und Tasse musste in den sauren Apfel beißen und aushelfen. Kurzum: Die Bedingungen sprachen dafür, dass Anastasia alles machen würde, aber nicht mit spülnassen Händen vor Freude in die Luft springen.

»Ist dir nicht gut?«, wollte ihr Vater wissen.

Tasse lachte ihn an, was ihm noch verdächtiger vorkam.

»Hast du es nicht eben im Radio gehört?«

Ihr Vater schüttelte den Kopf. Am Nachmittag, zwischen Mittags- und Abendgeschäft, dudelte der Kasten immer leise im Hintergrund, er hörte gar nicht mehr hin.

»Das Ching-Chang-Chong-Konzert findet statt!«, rief Tasse. »Das haben sie eben bekannt gegeben!«

»Ching Chang Chong?«, wunderte sich ihr Vater. »Das ist doch ein Spiel!«

Sofort begann er das Spiel zu spielen. Er formte seine rechte Hand zur Faust, schwang sie wie ein Pendel hin und her, brabbelte dabei »Ching Chang Chong« vor sich hin, hielt mit der Bewegung inne und bildete mit Daumen und Zeigefinger einen Kreis: »Brunnen!«, sagte er und sah erwartungsvoll auf Tasse, die in der gleichen Zeit mit ihrer Hand eine Schere, ein Blatt Papier, einen Stein oder ebenfalls einen Brunnen hätten formen müssen.

Aber sie hatte nicht mitgespielt.

»Ching Chang Chong ist eine Mädchen-Rap-Gruppe«, klärte sie ihren Vater auf, der sich in alter Tradition ausschließlich für griechische Folklore interessierte. Tasse erläuterte ihm, dass es nach den Anfeindungen gegen die Sängerin Lea und schließlich auch noch durch deren Kopfverletzung mehr als fraglich gewesen war, ob das Konzert stattfinden würde. Tasses Vater grinste breit: »Und jetzt tritt sie mit Turban auf wie die Fußballspieler, die auch immer mit Gehirnerschütterung spielen?«

»Mensch, Paps. Das ist überhaupt nicht lustig. Das ist total wichtig. Für Mischa jedenfalls«, warf Tasse ein. Überhaupt Mischa! Der wusste ja vielleicht noch gar nichts von seinem Glück!

Tasse warf das Geschirrhandtuch in die Ecke und stürzte zum Telefon.

Lars schnaubte vor Wut. Immer musste Tina ihre Extrawünsche durchsetzen. Sie hatten eindeutig abgesprochen, dass sie mit ihm zusammen die Touren an diesem Nachmittag erledigen würde, weil Tasse bei ihren Eltern im Restaurant aushelfen und Mischa den Ärger mit seiner Band ausräumen musste. Und wo steckte Tina? Abgesagt hatte sie. Abgesagt! Weil sie unbedingt wieder zu diesem Bunker wollte! Nur wegen dieses bescheuerten Blaukopf-Punkers! Die *Antifa-Gruppe* traf sich da! Hatte Tina behauptet. Ha! Da konnte Lars doch nur lachen. Auf den Punky hatte Tina es abgesehen, und das in Mischas größter Not!

»Ey, pass doch auf, du Lümmel!«

Lars konnte im letzten Moment noch ausweichen. Den fetten Burschen mit den beiden Einkaufstüten in den Armen hatte er gar nicht gesehen. Lars schlug einen schnellen Haken, musste aufpassen, dass er bei diesem Manöver nicht den Fensterputzer umkachelte, der gerade das Schaufenster einer Parfümerie putzte, fuhr Slalom zwischen einer Mutter, die ihrem Kind ein Eis reichte, und einer Politesse, die einen Falschparker aufschrieb. Dann gab er wieder Stoff. Eine Polizistin hatte ihm noch gefehlt! Die mit ihren ständigen Nörgeleien über Inlineskater! »O Mist!« Lars sprang mit beiden Beinen ab, hopste elegant, aber sauknapp über einen Foxterrier, der zwar angeleint war, aber trotzdem zwanzig Meter hinter seinem Frauchen eine Pause einlegte und gegen einen Kinderwagen pisste.

Alle drei Touren musste Lars alleine machen. So eine Ungerechtigkeit!

Er machte erst einmal eine kurze Pause, um sich von den Beinahe-Unfällen zu erholen und noch einen Blick auf die Adresse werfen zu können, zu der er die erste Sendung bringen sollte, ein kleines Päckchen, welches er zuvor in einem Elektronik-Markt abgeholt hatte: Oranienburger Straße 8. Die Tour wäre für Mischa, der in Friedrichshain wohnte, wesentlich näher gewesen.

Lars zuckte mit den Schultern. Er hatte eben nun einmal das große Los gezogen, als einziger Trottel heute für den Kurierdienst arbeiten zu müssen, da wollte er die Sache schnell hinter sich bringen.

Am U-Bahnhof Wittenbergplatz ratterte Lars mit seinen Inlineskates rückwärts die Treppe hinunter, wobei er sich mit beiden Händen am Geländer lose festhielt und sie abwärts gleiten ließ, nahm auch die zweiten Stufen zum Bahngleis auf die bewährte Weise und wartete auf die U-Bahn Richtung Alex. Jetzt hieß es cool bleiben. Er wusste, dass die Bahnangestellten ihn anpflaumen würden, wenn er sich mit Inlineskates auf dem Bahnsteig blicken ließ. Er wusste aber auch, dass die Bahnangestellten niemals aus ihrem Häuschen herauskamen. Das taten sie nicht einmal, wenn hilflose Rentner winkend vor dem Glaskasten standen, weil sie eine Frage hatten.

Lars stellte sich hinter den Stahlpfeiler mit den ewig defekten Kaugummi-Automaten, denn hier konnte er auch über die Videokamera nicht gesehen werden. Kreischend schepperte die U2 Richtung Vinetastraße in den Bahnhof hinein. Eine Bahnangestellte mit den markanten Gesichtszügen einer Gefängnisschließerin aus Leidenschaft betrat ihren Posten. Die U-Bahn hielt.

»Vinetastraße!«, schnauzte die Bahnangestellte durch die unverständlichen Lautsprecher.

Lars wartete den passenden Moment ab, schlüpfte dann blitzschnell und somit unbemerkt in den Waggon hinein. Diese kleine Übung, die Bahnangestellten auszutricksen, war während seiner Kurierdienst-Zeit längst zur Routine geworden.

Die Bahnschließerin wartete.

Plötzlich stürzte ein junger Mann wie von einem Kampfhund gehetzt die Treppe hinunter, um die U-Bahn noch zu erwischen. Genau in diesem Augenblick befahl die rauhe Stimme der Schließerin: »Vinetastraße zurückbleiben!«

Der Mann erhöhte sein Tempo, kam dadurch ins Straucheln, stolperte, worauf die Schließerin sofort das Zeichen zum Türenschließen gab. Der U-Bahn-Fahrer reagierte in Sekundenbruchteilen. Das Zusammenspiel funktionierte perfekt. Die schweren Türen ballerten zu, der abgehetzte junge Mann musste scharf abbremsen, um nicht dagegen zu knallen, rutschte dabei aus und fiel auf den schmutzigen Bahnsteig.

»Nicht mehr!«, schrie die Schließerin unnötigerweise, obwohl der junge Mann ohnehin keine Chance mehr hatte.

Die U-Bahn setzte sich in Bewegung. Der junge Mann fluchte, besah sich seine zerrissene Hose und schüttelte wütend den Kopf. Die Bahnangestellte bewegte sich zufrieden schmunzelnd ins Wachhaus zurück zu ihrem Kaffee, der wegen dieser verdammten Fahrgäste bestimmt schon wieder viel zu sehr abgekühlt war.

»Und was machen wir jetzt?«, fragte Sandra bedrückt in die Runde.

»Was weiß ich!«, pflaumte Pit sie an. Wütend trat er gegen eine Bierdose, die vor dem Gitarren-Verstärker herumlag. Sie knallte gegen den Lautsprecherturm, prallte ab und eierte mehrfach um die eigene Achse. Das war doch wirklich zum Haare-Ausraufen! Gerade hatten sie im Rundfunk durchgegeben, dass das Konzert stattfinden würde, da kam Mischa in den Übungsraum geschlendert und erzählte, wie sie den Technikverantwortlichen der Mega-Stars schon beinahe rumgekriegt hatten ein Schlagzeug zu verleihen, als das Tohuwabohu im Hotelzimmer ausgebrochen war und Tasse sich mit Micki von Ching Chang Chong angelegt hatte. Nach Mischas Einschätzung konnte man es vergessen, sich von der Gruppe noch überhaupt irgendwas auszuleihen. »Frag doch unseren Super-Drummer mit seinem bescheuerten Kurierdienst!«, tobte Pit weiter.

Mischa wagte es nicht, sich zu widersetzen. Diesmal nicht. Es waren nur noch zwei Tage bis zum großen Konzert und er hatte immer noch kein Schlagzeug. Einen Ersatzmann mitsamt Instrument zu engagieren war in dieser kurzen Zeit nicht möglich, das wussten die anderen Bandmitglieder auch. Es gab nur eine Alternative: Entweder sie besorgten in Windeseile ein neues Schlagzeug oder sie mussten das Konzert absagen und den Zweitplatzierten des Wettbewerbes das Feld überlassen.

»Richtig schöne Oberscheiße!«, bemerkte Tanja. »Dabei gibt es gerade ein Schlagzeug zu kaufen. Habe ich in der *Zweiten Hand* gelesen. Verhandlungsbasis 950 Mark!«

Mischa horchte kurz auf, ließ die Hoffnung aber sofort wieder fallen. 950 Mark! Er hatte schon gar nicht gewagt in das Anzeigenblatt hineinzuschauen. Wo sollte er auf die Schnelle so viel Geld hernehmen? Die Firmenkasse des Kurierdienstes war restlos leer, weil sie gerade Mischas erstes Schlagzeug bezahlt hatten. Von seiner Mutter konnte er so viel Geld auch nicht pumpen. Die hatte selbst nichts. Und die Eltern von Lars und Tasse mochte er nicht fragen. Fremde Leute bat man nicht um so viel Geld!

»Können wir nicht zusammenlegen?«, fragte Sandra zögerlich.

Die anderen sahen sie an.

Sandra zog erst die Augenbrauen, dann ihre Schultern in die Höhe. Die anderen hatten Recht. Sie selbst besaß nicht mehr als fünfzig Mark und den anderen ging es auch nicht besser. Sowie mal eine Mark übrig war, wurde sie sofort in die Ausstattung der Band gesteckt. Und alle waren froh, dass sie noch immer im Schulkeller üben konnten, für den sie nichts zu zahlen brauchten.

»War ja nur so 'ne Idee!«, murmelte Sandra.

»Ist doch eine gute Idee!«, sagte eine Stimme von der Eingangstür.

Mischa fuhr herum. »Tasse! Was machst du denn hier?«

»Ich wollte dich anrufen und dir erzählen, dass das Konzert stattfindet«, antwortete Tasse. »Deine Mutter sagte mir, dass du hier bist.«

»Du traust dich hierher?«, bölkte Pit sie sofort an. »Warst du es nicht, die es vermasselt hat, dass Ching Chang Chong uns ein Schlagzeug leiht?«

Tasse sah kurz zu Mischa rüber. Was hatte er erzählt?

Mischa zuckte nur die Achseln.

Tasse wandte sich Pit zu. »Kann schon sein«, räumte sie selbstbewusst ein. »Ich war es allerdings auch, durch die wir überhaupt bis zu Ching Chang Chong ins Hotelzimmer vorgestoßen sind.«

»Pah!«, machte Pit bloß.

Tasse rückte ihm näher auf die Pelle. »Was hast du denn in der Zwischenzeit getan, um ein neues Schlagzeug zu besorgen, Klugscheißer?«, fragte sie scharf, während sie Pit mit ernstem Blick fixierte.

Pit versuchte dem bohrenden Blick auszuweichen. Es gelang ihm nicht. Er bemerkte, dass auch die anderen ihn jetzt ansahen. Alle warteten auf eine Antwort.

»Ach, leckt mich doch!«, rief er so in Bedrängnis gebracht.

»Dachte ich es mir!«, stellte Tasse fest. »Große Klappe, nichts dahinter.«

Pit machte einen energischen Schritt auf Tasse zu.

Tasse blieb bewegungslos stehen. Solche Machtproben war sie von den Auseinandersetzungen mit ihrem Bruder gewohnt. Mit Pit konnte sie locker mithalten.

Pit stutzte.

»Und du?«, raunzte er sie schließlich an. »Was hast du denn zu bieten? Noch so einen genialen Auftritt wie bei Ching Chang Chong?«

Tasse griff in ihre Hosentasche, zerrte ein blaues Bündel hervor und warf es Pit vor die Füße. Pit blickte hinunter. Er sah, wie sich mehrere Hundertmarkscheine entblätterten. »Ich biete fünfhundert!«, sagte Tasse cool.

»Auf Leihbasis von meinem Alten. Aber immerhin. Wer geht mit?«

Pit starrte auf das Geld.

Ole starrte auf das Geld.

Sandra starrte auf das Geld.

Tanja starrte auf das Geld.

Mischa sprang Tasse um den Hals. »Tasse! Du bist die coolste, allerallerultrageilste Freundin, die es gibt!«

Pit bückte sich langsam, hob die blauen Scheine vom Boden auf, sah verlegen zur Seite und überlegte verzweifelt, was er nun sagen sollte.

Tasse pulte sich Mischa vom Hals und machte es Pit leicht: »Du brauchst nichts zu sagen, Pit. Ist schon in Ordnung, okay?« Sie reichte ihm die Hand.

Pit lächelte sie an und schlug kräftig in die offene Hand ein.

»Und woher bekommen wir die restlichen 450 Mark für das Schlagzeug?«, fragte Ole in die Runde.

»Erarbeiten!«, sagte Tasse bestimmt und stieß auf ratlose Gesichter.

»Wo das denn?«, fragte Pit naiv nach.

Tasse grinste ihn so breit an, wie sie noch nie gegrinst hatte: »Bei dem bescheuerten Kurierdienst Rattenzahn!«, lautete ihre spitzbübische, aber sehr wohl ernst gemeinte Antwort.

WATSONS ALLEINGANG

»Eins, zwei. One, two. One, two.«

Sandra war nicht zufrieden. Über den Monitor, der vor ihren Füßen stand, war kaum etwas zu hören. Ihre Stimme klang nur aus den großen Lautsprechertürmen links und rechts von der Bühne, was zur Folge hatte, dass sie ihre eigene Stimme nur mit Zeitverzögerung und verzerrt hören konnte. Es war unmöglich, so zu singen. Mit einem Handzeichen bedeutete sie dem Techniker, der gut hundert Meter von ihr entfernt mitten in den Zuschauerrängen der Waldbühne hockte, dass der Monitor noch immer nicht funktionierte.

Sandra ärgerte sich. Sie hatte das Gefühl, dass die Techniker sich keine besondere Mühe gaben.

Für die Mega-Stars Ching Chang Chong war die Feineinstellung der gesamten computerisierten PA natürlich gespeichert und trotzdem nochmal auf Herz und Nieren gecheckt worden. Mehrere Stunden hatte eine fünfzigköpfige Crew am Vormittag alles für die millionenschweren Mädchen aufgebaut, eingestellt, ausprobiert.

Mittags um eins waren die drei Rapperinnen dann für eine halbe Stunde persönlich vorbeigekommen, hatten ihre Mikros ausprobiert, kurz getestet, ob die gigantische Lichtanlage sie auch wirklich gut in Szene setzte, abgecheckt, ob sie genügend Freiraum für ihre einstudierten

Tanzschritte hatten, und waren – nachdem sie Mike Leinen eine ganze Liste von Anweisungen überlassen hatten – wieder abgezogen, um im Interconti mit ihren Musikern und anderen Vertrauten der Crew fürstlich zu Mittag zu essen.

Der Rest der Aufbauhelfer und Techniker hatte zwei weitere Stunden zu tun gehabt, die letzten Details einzustellen, weil bei einem Open-Air-Konzert die Akustik doch erheblich anders war als in großen Sälen.

Als endlich alles fertig war, kam – wie verabredet – Mischas Band zum Aufbau und Soundcheck, wovon die Technik-Crew mehr als genervt gewesen war. Schließlich hatten sie noch einen vollen Arbeitstag vor sich, der bis spät in die Nacht dauern würde, und es waren nur noch drei Stunden bis Konzertbeginn. Und da kam so eine Trümmertruppe irgendeiner Schule und wollte auch noch was von ihnen. Da es nur noch wenig Aussicht auf eine Pause gab, machten die Techniker ihre Pause einfach während des Soundchecks der unbedeutenden Schülerband.

»Oh, Mann!«, stöhnte Sandra. »Gib doch mal Saft auf den Monitor!«

Doch der Lockenkopf an der PA verstand sie nicht. Denn statt den Monitor anzuschalten, hatte er ihr Mikro ausgeschaltet.

Wütend drehte Sandra sich um und rief Mischa zu: »Ich hab bald keinen Bock mehr. Die bauen nur Mist da oben.«

Mischa richtete die beiden Hänge-Toms seines neuen Schlagzeugs aus. Er war viel zu glücklich, um sauer zu sein. Tasse war wirklich die Größte. Sie hatte es tatsächlich geschafft, dass die gesamte Band – einschließlich Pit! – in den vergangenen zwei Tagen für den Kurierdienst Rattenzahn geschuftet hatte.

Tasse hatte der großen Agentur den Ernst der Lage erklärt, so dass sie den Rattenzähnen wesentlich mehr Aufträge als üblich vermittelt hatte. Sage und schreibe 43 Touren hatte die *Notgemeinschaft Rettet Mischa* – wie Tasse die Aktion spaßeshalber genannt hatte – abgearbeitet. Jede Tour hatte im Schnitt 15 Mark und 60 eingebracht, was eine Summe von 670 Mark 80 ergeben hatte. Zusammen mit Tasses geborgten fünfhundert Mark mehr als genug.

In einer Blitzaktion hatten sie dann das gebrauchte Schlagzeug gekauft, das Mischa erst seit gestern Nachmittag besaß. Er war hypernervös. Das handgehämmerte Crash-Becken klang etwas anders als bei seinem vorherigen Schlagzeug, die Bass Drum war ein wenig kleiner und irgendwie bekam er die Spannung des Snare-Teppichs nicht richtig hin. Trotzdem war er glücklich, dass überhaupt noch alles geklappt hatte, das Konzert stattfand und er dabei war.

»Wird schon!«, rief er Sandra zu. »Sicher will er erst das Schlagzeug aussteuern, du weißt doch, der Gesang kommt immer zuletzt.«

Mischa griff zu seinen Sticks und schlug kräftig auf die Stand-Tom, um dem Mischer Gelegenheit zu geben, den Klang auszusteuern. Die Bass Drum war schon fertig. Nach der Stand-Tom würde die Snare Drum drankommen, gefolgt von Hänge-Toms und Hi-Hat. Jedes einzelne Teil des Schlagzeugs musste gesondert ausgesteuert werden. Monoton schlug Mischa weiter auf die Stand-Tom, bis der Techniker ihm zu verstehen gab, dass er mit der Aussteuerung fertig war.

Bam, Bam, Bam, Bam, dröhnte es über die Open-Air-Bühne.

Sandra wandte sich resigniert ab und unternahm einen erneuten Versuch, dem Techniker da oben klar zu machen, dass mit der Gesangsanlage wirklich gar nichts stimmte. Aber der interessierte sich im Moment nur für Mischa und war von der ungeduldigen Sandra mehr als genervt. *Typische Amateur-Tussi!*, dachte er bei sich.

Tina und Tasse sahen sich derweil interessiert hinter der Bühne um. Nie hätte Tina gedacht, dass hier so viel los sein würde. Hinter und neben der Bühne herrschte ein Gewühl wie in der Einkaufszone am langen Samstag. Und alle hatten scheinbar irgendetwas Wichtiges zu tun.

»Die Spots sind okay, ich habe die Sicherungen noch mal gecheckt«, sagte ein Typ mit Irokesen-Haarschnitt in schwarzem T-Shirt, auf dessen Rücken *Ching-Chang-Chong-Tour* gedruckt war. Alle trugen diese T-Shirts.

Er nahm einen tiefen Schluck aus einer Mineralwasserflasche, wischte sich den Mund mit dem Arm ab und reichte die Flasche an einen anderen Mann mit langen, lockigen Haaren weiter, der ein rotes Tuch wie ein Pirat um den Kopf gewickelt hatte.

»Und die Nebelmaschine?«, wurde er von einem Dritten im Bunde gefragt, der komischerweise als Einziger kein schwarzes T-Shirt trug, sondern ein weißes Muskelshirt, das seinen braun gebrannten Bodybuilding-Körper besser zur Geltung kommen ließ. Er trug ein Funkgerät in der Hand und hatte wohl irgendeine Chefposition.

Der mit dem Piratentuch antwortete jedenfalls brav. »Das geht alles klar. Wir brauchen sie ja ohnehin erst in der Zugabe.«

Der Irokese wunderte sich. »Ich dachte, die Vorgruppe wollte etwas Nebel haben? Hat mir jedenfalls die kleine Schnecke erzählt, die bei denen wohl singt. Ganz niedlich, die Kleine!«

Tasse und Tina sahen sich an. Wie redete der Macker denn über Sandra?

Der mit dem Funkgerät winkte ab. »Ich weiß. Ich hab denen klar gemacht, dass sie ihr Programm abziehen und dann verschwinden sollen. Das ist typisch für diese Zwergenbands. Kaum stehen sie auf der Bühne, wollen sie immer gleich den ganz großen Zirkus. Sollen erst mal lernen ein paar Akkorde richtig zu greifen!«

Der Pirat lachte.

Der Irokese stimmte zu: »Wäre ja auch schade, wenn sich die Kleine im Nebel verstecken würde. Die sieht doch ganz edel aus.«

Der Pirat lachte noch lauter. »Jojo ist wieder auf der Jagd!«

Tasse ballte ihre Faust, aber hinter ihrem Rücken. »Hör dir diesen Wicht an!«, zischte sie leise. »Sieht aus wie ein Treteimer und hält sich für Mister Universum, nur weil er bei Ching Chang Chong ein paar Regler schieben darf.«

Obwohl Tasse geflüstert hatte, war sie dem Irokesen

doch aufgefallen. Lässig drehte er sich um. »Na, Mädels, was wollt ihr denn hier? Wohl verlaufen?«

»Natürlich haben wir uns verlaufen!«, konterte Tasse. »Oder glaubst du, in deine Nähe kommt jemand freiwillig?«

Pirat und Funker gackerten laut los. »Eins zu null für die Kleine!«, lautete einhellig ihr Urteil.

Der Irokese verzog ärgerlich das Gesicht. »Wer seid ihr überhaupt? Hier ist Backstage. Sicherheitsbereich. Wer hat euch hier reingelassen?«, schoss er seine offiziellen Fragen ab, um seine Machtposition herauszustreichen.

Doch Tasse und Tina trugen ihre Plastikschildchen deutlich an der Kleidung, so dass jeder sofort erkennen konnte, dass sie als spezielle Gäste auch den Bereich hinter der Bühne betreten durften.

»Gibt es bei dem Konzert eine Pause?«, mischte sich Tina in unterwürfigem Ton ein.

Der Irokese fiel darauf rein und bejahte die Frage.

»Fein!«, antwortete Tina, streckte ihm das Schild demonstrativ entgegen und ergänzte: »Komm doch in der Pause bei uns vorbei. Dann bringen wir dir das Lesen bei!«

Der Pirat johlte laut auf, schlug dem verdutzten Irokesen schadenfroh auf die Schulter. »Kein Jagdglück heute, Alter. Dich lassen ja schon die Mini-Teenies in der Ecke stehen!«

Der Irokese schlug ärgerlich die Hand seines Kollegen von den Schultern, Tasse und Tina machten sich lieber schnell aus dem Staub.

Mini-Teenie. So eine Frechheit!, dachte Tina bei sich. Aber sie war doch froh sich schnell außer Reichweite gebracht zu haben. Genau wie Watson, der endlich einmal die fremde Umgebung erkunden wollte. Tina spürte, wie Watson unruhig auf ihrem Körper herumwieselte, sein Näschen in alle Richtungen streckte, um möglichst viel von den fremden Gerüchen aufzunehmen.

Sicherheitshalber sah Tina sich noch einmal um, ob der Irokese ihnen nicht gefolgt war.

Tina wollte gerade Watson ein bisschen durch die Gegend laufen lassen, als sie von hinten aufgefordert wurde es bleiben zu lassen. Tina schaute sich um und sah auf einen sehr dicken Helfer mit Vollglatze, tätowierten Armen und einem großen goldenen Ohrring. Er sah eher aus wie ein Wrestling-Star kurz vor seinem Auftritt. »Ich hab nichts gegen Ratten«, versicherte er. »Aber behalt das Kerlchen bei dir, solange du dich in der Nähe von Kabeln aufhältst, verstanden?«

Tina verstand. Watson war zwar zahm, aber ob er aus reiner Neugier nicht doch an einem Kabel knabberte, konnte sie nicht ausschließen.

Der Wrestling-Typ streckte ihr noch einen Zeigefinger mahnend entgegen, schmunzelte dabei aber freundlich. »Schön, dass wir uns so gut verstehen!«

Tina schenkte ihm ein kleines Lächeln. *Endlich mal nicht so ein arroganter Kasper*, dachte sie bei sich. Der Glatzkopf ging weiter seines Weges, Tina hob kurz die rechte Hand für einen angedeuteten Wink. Schwupps! Da war's passiert. Watson hatte die Gunst der Zehntelsekunde genutzt, sprang von der Schulter runter auf ihren Arm, von dort sofort über Tinas Knie auf den Fußboden und weg war er!

»Watson!«, rief Tina entsetzt hinterher. »Watson, komm her. Scheiße! Tasse! Hilf mir mal!«

Tasse hatte sich gerade interessiert ein großes Zelt ansehen wollen, das hinter der Bühne aufgebaut war. Sie kam nicht mehr dazu, ihre Nase hineinzustecken.

Tinas Hilferuf hatte sie aufschrecken lassen.

Tina erklärte ihr in zwei Sätzen das Desaster. Tasse war sofort im Bilde. »O je!«, stöhnte sie. »Wenn der wirklich ein Kabel durchbeißt, brauchen wir uns hier nie wieder blicken zu lassen.«

»Komm, dann hilf suchen!« Tina zeigte an, dass Watson auf die Bühne gestürmt war.

»Wusste gar nicht, dass Watson Ambitionen zum Rockstar hat«, witzelte Tasse, aber Tina konnte darüber überhaupt nicht lachen.

Auf allen vieren krochen die beiden Mädchen auf die Bühne hinauf, der Ratte hinterher. Zum Glück war es nur Mischas Band, die gerade Soundcheck machte.

Doch Pit zeigte natürlich trotzdem wenig Verständnis für die Mädchen.

»Was wollt ihr denn hier oben?«, schnauzte er die beiden an.

Tina hielt es für sinnlos, es Pit zu erklären, und auch Tasse startete gar nicht erst einen Versuch in diese Richtung.

Stattdessen suchte Tina Mischa als Verbündeten. »Hast du Watson gesehen?«

Mischa, der gerade auf Anweisung des Mischers einen Mikrofonständer vor seinem Schlagzeug noch besser ausrichtete, wandte den Kopf zu Tina. »Sag mal, spinnst du?«, fragte er böse. »Wir haben hier jetzt echt andere Sorgen als deine Ratte zu suchen!«

Tina seufzte. Mischa hatte ja Recht. Trotzdem musste sie Watson unbedingt finden. Nicht auszudenken, wenn der tatsächlich in ein Kabel beißen und dadurch einen Kurzschluss verursachen würde!

Mischa setzte sich wieder an sein Schlagzeug.

Tina wollte gerade abdrehen.

Bum!Bam!Bum!Bam!Bum!

Mischa testete noch einmal die Bass Drum im Verhältnis zur Stand-Tom. Kaum hatte er das erste Mal mit der Fußmaschine die Bass Drum geschlagen, als daraus etwas Weißes herausgeschossen kam!

»Watson!«, rief Tina.

Der arme Watson hatte es sich ausgerechnet in Mischas Schlagzeug gemütlich gemacht und war unter das Dämmkissen der Bass Drum gekrabbelt. Der Lärm von Mischas Test trieb ihn aus dem Instrument wie einen Torpedo.

Tina musste schnell handeln. »Pass auf! Da läuft er!«, rief sie Tasse zu, die sofort schaltete. Mit einem mächtigen Satz warf Tasse sich bäuchlings genau in Watsons Fluchtbahn.

Doch Watson war schneller. Im letzten Moment schlug er einen Haken und huschte rechts an Tasse vorbei, die hilflos auf dem Boden zappelte.

Tina übernahm die Verfolgung, setzte ansatzlos zu einem Spurt an, hüpfte über einen kleinen Gitarrenverstärker auf der Bühne, den Watson erst umlaufen musste, hechtete ihm hinterher, machte sich so lang sie konnte, rutschte etwa einen Meter auf dem Bauch über die Bühne und erwischte die kleine, miese Ratte am Schwanz.

»Ich hab ihn!«, freute Tina sich und bemerkte nicht, dass sie während ihres Einsatzes einen kleinen schwarzen Kasten umgeworfen hatte.

»Was ist denn da unten los? Seid ihr nicht mehr ganz dicht?«, hallte es aus den Bühnenlautsprechern.

Mischa hob entschuldigend die Schultern. Sandra und Tanja blickten verstört Tasse und Tina hinterher, die auf allen vieren über die Bühne krabbelten.

Pit fluchte fürchterlich und Ole schimpfte: »Mensch, Tina, du blöde Kuh! Du hast die Nebelmaschine umgeworfen!«

Tina haspelte schnell eine Entschuldigung heraus. Sie wusste, dass viel Schlimmeres hätte passieren können, wenn sie Watson nicht erwischt hätte, aber das konnte sie den anderen in diesem Moment schlecht erklären. Sie sah lieber zu, dass sie so schnell wie möglich von der Bühne kam. Tasse folgte ihr.

Mischas Gruppe durfte ihren Soundcheck fortsetzen.

Tina atmete tief durch.

Tasse sah auf die Uhr. »Nur noch zehn Minuten bis zum Einlass! Ich glaube, es ist besser, wir suchen erst mal das Weite. Komm, wir gehen was trinken.«

Tina war sehr einverstanden. Bevor sie ging, blickte sie noch einmal kurz zur Bühne. »Ist ja zum Glück nichts passiert«, stellte sie erleichtert fest. »Ole hat die Nebelmaschine schon wieder aufgestellt! Die ist bestimmt nicht kaputtgegangen!«

»Glaube ich auch nicht!«, stimmte Tasse zu, streichelte

Watson, den Tina fest in ihren Händen hielt, und gab das Zeichen zum Aufbruch.

Kurz bevor sie an der kleinen Getränkebasis ankamen, die eigens für die Leute hinter der Bühne eingerichtet worden war, blieb Tina plötzlich stehen. »Wieso eigentlich Nebelmaschine?«, fragte sie. »Ich denke, der Irokese wollte ihnen keine geben?«

BOMBENSTIMMUNG

Ein Traum. Ein Film. Unwirklich. Fern. Als ob man selbst gar nicht dabei gewesen wäre, aber doch alles genau mitbekam. War er überhaupt hier? Oder schwebte er über seinem eigenen Ich, hoch über der überdachten Waldbühne, und besah sich die Szene aus der Engelsperspektive?

Mehr als 20 000 Menschen füllten das Areal, das in der untergehenden Sonne vor der saftig grünen Waldkulisse eine ganz besondere Atmosphäre ausstrahlte. Die Stimmung war ausgelassen, sommerlich fröhlich. Auf den voll besetzten Bänken saßen, standen, fläzten sich die Zuschauer, nur mit knappen Shirts bekleidet, und genossen die Wärme des traumhaften Sommerabends. Genüsslich ließen sie das kühle Bier die Kehlen hinunterlaufen. Die vielen jüngeren unter den Zuschauern schütteten sich eiskalte Cola in den Rachen. Die aktivsten unter ihnen hatten sich einen Platz unten vor der Bühne erdrängelt und sich schon bei den ersten drei Songs ordentlich in Wallung gebracht.

Wie eine wohlige Welle schwappte der Applaus hinauf auf die Bühne, liebkoste Mischa hinter seinem Schlagzeug, der sich unermüdlich konzentrierte sein Timing nicht zu verlieren. Stur wie ein Metronom hielt er das Tempo, eine Eigenschaft, die bei Musikern seines Alters selten zu beobachten war und bei seiner bevorzugten Musikrichtung, dem Punk, so gut wie nie vorkam. Mischa wusste, dass dies eines der Details ausmachte, die einen Profimusiker auszeichneten. Und genau das wollte er einmal werden. Was lag da näher als sein Talent zu zeigen? Hier, jetzt, vor 20 000 Zuschauern, vor den Leuten von Presse und Fernsehen, die seitlich der Bühne darauf lauerten, endlich die Mega-Stars ablichten zu dürfen.

Mischa spürte, dass er gut war; er spürte, dass sie alle gut waren! Sandra hatte mit einer Röhre gesungen, selbstsicher und durchdringend, als machte sie seit zehn Jahren nichts anderes.

Pit gingen die Bassläufe klar und sauber von der Hand und passten sich perfekt Mischas Vorgaben an.

Ole schrubbte seine Gitarre, dass es nur so krachte, und ließ keinen Zweifel daran, dass er trotz der Beherrschung seines Instruments, trotz der Vielfältigkeit seiner Arrangements nichts anderes wollte als fetzigen Punk rüberzubringen.

Tanja hielt mit. Mal unterstrich sie Oles Gitarrenexzesse mit einer harten, wilden Pianobegleitung, mal bildete sie den Kontrapunkt mit virtuosen Geigenklängen, die sie auf ihrem Keyboard einstellen konnte.

Mischa zwang sich, sich nicht ablenken zu lassen und steuerte konzentriert auf sein Solo zu, das zwar kürzer ausfallen würde als bei dem entscheidenden Wettbewerb, aber noch deftiger werden sollte. Im dumpfen Staccato gab er mit dem rechten Fuß den Takt auf der Bass Drum vor.

Bum. Bum. Bum. Bum. Bum.

Tanja am Keyboard verstummte. Ole ließ seine Gitarre leise ausklingen.

Pit am Bass folgte ihm noch mit einem einfachen Lauf auf E-Dur.

Mischas linker Fuß brachte die Hi-Hat ins Spiel, dessen zischender Schlag hoch oben über der dumpfen Vorgabe der Bass Drum etwas Geheimnisvolles in sich barg und die spannende Erwartung weckte, dass es gleich furchtbar abgehen würde.

Bum. Tschik. Bum. Tschik. Bum. Tschik. Bum. Tschik.

Die ersten fünfhundert bis tausend Zuschauer vorne am Bühnenrand nahmen den Rhythmus sofort auf. Mit hoch über dem Kopf erhobenen Händen klatschten sie den Grundtakt mit.

Mischa hielt das Timing. Er schloss die Augen und wurde eins mit der Bewegung, die seine Füße vollzogen. Beständig, sicher, durch nichts aus dem Takt zu bringen, monoton wie eine Maschine.

Bum. Tschik. Bum. Tschik. Bum. Tschik. Bum. Tschik.

Irgendwo im tiefen Hintergrund nahm er das Klatschen der Menge wahr, dessen Lautstärke anschwoll und von ersten zaghaften Rufen unterstützt wurde:

Hey! Hey! Hey! Hey!

Bum. Tschik. Bum. Tschik. Bum. Tschik. Bum. Tschik.

Mischa ließ den Oberkörper mitwippen.

Er spürte, er bekam sie auf seine Seite. Erst ein paar Hundert, dann Tausend, mehr und mehr, ein paar Tausend schließlich. Vielleicht sogar die Hälfte der 20 000

Menschen, die auf die Mega-Stars warteten. Der Rhythmus machte sie an. Sein Rhythmus!

Bum. Tschik. Bum. Tschik. Bum. Tschik. Bum. Tschik.

Hey! Hey! Hey! Hey! Hey!

Gleich hatte er sie. Er fühlte es. Konnte es fast körperlich fassen, wie er die Herzen der Zuhörer gewann, ihre wogenden, schwitzenden Körper für sich einnahm, wie er verschmolz mit der Masse, die auf ihn blickte und sich von seinem Groove mitreißen ließ.

Mischa umfasste die Sticks mit festen, feuchten Händen.

BAM! BAM! BAM! BAM!, knallte die rechte Hand auf die Stand-Tom!

Die Menge johlte, pfiff, schrie! Ja, das war es!

Bum. Tschik. Bum. Tschik. Bum. Tschik. Bum. Tschik.

HEY! HEY! HEY! HEY! HEY!

BAM! BAM! BAM! BAM!

Jetzt hatte er es!

Es konnte losgehen!

Ein kurzer Wirbel über die Hänge-Toms, einmal kräftig aufs Crash-Becken, das seinem Namen alle Ehre machen sollte, und dann wieder zurück auf die Hänge-Toms, um den Wirbel fortzusetzen.

Nun war auch Pit am Bass verstummt. Die Zeit, die Bühne, das ganze Rund der Waldbühne, die 20000 Zuschauer gehörten nun Mischa!

»Geil!«, hauchte Tina, stopfte sich Watson unters Hemd, wippte begeistert mit dem Kopf mit und freute sich über Mischa. Er war höllisch gut in Form! Lächelnd sah sie zur Seite.

Tasse fing ihren Blick sofort auf, strahlte zurück. Ihr Einsatz hatte sich gelohnt. In letzter Minute hatten sie es durch gemeinsame Anstrengungen geschafft, Mischa ein neues Schlagzeug auf die Bühne zu stellen, auf der er jetzt den großen Triumph erntete. Den Triumph einer unerschütterlichen Freundschaft.

»Einfach genial!«, rief Lars.

Die Mädchen drehten sich um und blickten in Lars' lachendes Gesicht. Gut gelaunt hob er einen Camcorder in die Höhe. »Das war wirklich eine gute Idee von mir, das Ding mitzunehmen. Ich habe Super-Aufnahmen von Mischa. Sogar Watson mit seinem Ausflug auf die Bühne ist mit drauf!«

Tina grinste ihn an.

Tasse wunderte sich, dass Lars überhaupt Aufnahmen machen durfte. Fotografiererlaubnis hatten meistens nur Pressevertreter während der ersten ein oder zwei Stücke der Hauptgruppe.

»Aber doch nicht mit einem Backstage-Ausweis«, freute sich Lars und schaute stolz auf die Plastikkarte, die an seiner Brust heftete.

»Okay!«, entschied Tasse. »Dann machen wir morgen bei dir großen Video-Nachmittag, abgemacht?«

Lars antwortete nicht. Stattdessen rief er aufgeregt: »Irre! Jetzt kommt der Nebel! Das wird erste Sahne! Bis gleich!«

Mit diesen Worten schoss Lars schon um die Bühne herum, um Mischa, der mehr und mehr eingenebelt wurde, von vorne filmen zu können.

Tina und Tasse schauten wieder auf die Bühne. Lars

hatte Recht. Offenbar hatte Mischa die eingebildeten Techniker mit seiner Spielweise so überzeugt, dass sie entgegen ihrem Vorsatz die Nebelmaschine doch schon bei der Vorgruppe einsetzten.

Die Menge war begeistert!

Auch Tina und Tasse wippten in Mischas Rhythmus mit, klatschten in die Hände und waren glücklich, dass Mischas Konzert so toll gelang.

Auf der gegenüberliegenden Seite des Bühnenrandes erkannte Tina den Irokesen. Sie beobachtete, wie er heftig gestikulierend in sein Funkgerät schrie.

Übermütig tippte Tina Tasse an. »Jojo scheint nicht sonderlich erfreut zu sein!«, frohlockte sie.

Tasse grinste. »Er hat wohl doch nicht so viel zu sagen, wie er uns weismachen wollte«, lautete ihre Vermutung.

Der Irokese gab zwei anderen Helfern einige Anweisungen. Die Angesprochenen parierten, sprangen seitlich auf die Bühne, liefen – leicht geduckt – hinter den Speakertürmen entlang, hockten sich kurz hin, warteten einen Moment, dann stürmte einer nach vorn, direkt auf die Nebelmaschine zu, hantierte kurz daran herum und krabbelte schnell wieder zurück.

Lars kam vom vorderen Teil der Bühne zurückgerannt. Er ließ seiner Entrüstung freien Lauf. »Sauerei!«, schimpfte er. »Habt ihr das gesehen?« Zornig zeigte er mit ausgestrecktem Arm auf die Bühne.

Tasse und Tina folgten der Richtung mit ihren Blicken.

»Die haben einfach die Nebelmaschine abgedreht!

Nur weil sie befürchten, Mischas Band bekommt zu viel Beifall!«

»Gemein!«, fand auch Tasse.

Der Boden der Bühne war zwar noch von dichtem Nebel bedeckt, aber die Nebelmaschine hatte nichts mehr zu bieten. Der graue Dampf lichtete sich schon ein wenig, über die Fußknöchel der Musiker reichte er ohnehin nicht hinaus.

»Das ist wirklich hinterhältig!«, stimmte jetzt auch Tina ein. »Die Show kam gerade so gut!«

Auf der Bühne zuckte Ole an seiner Gitarre nur kurz mit den Schultern. Pit verstand, nickte Tanja am Keyboard und Mischa am Schlagzeug zu. Alle waren sich einig: Bloß nicht aus dem Groove herausbringen lassen. Ob Nebel oder nicht, the show must go on.

Sandra vorn am Mikro hatte noch gar nicht richtig mitbekommen, was hinter ihr auf der Bühne ablief.

»Ich finde, wir sollten dem Jojo wenigstens deutlich unsere Meinung sagen«, schlug Tina vor. Lars und Tasse waren einverstanden, auch wenn sie natürlich wussten, dass es auf den Ablauf der Bühnenshow keinen Einfluss mehr haben würde.

Entschlossen stiefelten die drei hinten um die Bühne herum, steuerten schnurstracks auf den Irokesen zu und ... hielten inne.

Da stimmte etwas nicht. Der Irokese war umringt von drei anderen Männern, auch der im weißen Muskelshirt war wieder dabei. Sie starrten auf einen weißen, zerknitterten Zettel, blickten sich ratlos um und schauten wieder auf den Zettel.

Tasse wäre vor Neugier beinahe geplatzt. Sie bedeutete ihren Freunden, dass sie stehen bleiben sollten. Das verbesserte ihre Chancen, sich unbemerkt an die Männergruppe heranschleichen zu können. Nur noch drei Meter, noch zwei. Keiner der Männer bemerkte sie. Zu sehr waren sie damit beschäftigt, auf den Zettel zu starren und aufgeregt etwas zu diskutieren. Tasse wagte noch den letzten Schritt, dann stand sie dicht hinter dem Irokesen und konnte einige Wortfetzen auffangen: »Absagen? Jetzt einfach unmöglich!«, warf der mit dem weißen Shirt verzweifelt in die Runde.

»Willst du die Verantwortung auf dich nehmen?«, gab der Irokese scharf zurück.

Der mit dem weißen Shirt zuckte mit den Schultern. »Mann, da vorne sitzen 20 000 Teenies, die sehnsüchtig auf Ching Chang Chong warten. Wenn ich da jetzt rausgehe und sage: Sorry, Leute, die Show fällt aus! Die lynchen mich!«

»Die Alternative ist, dass unsere drei Mädchen in die Luft gesprengt werden und wer weiß wie viele mit ihnen!«, warf ein Dritter ein, der zu seinem schwarzen T-Shirt eine rote Baseballmütze trug.

»Das muss Clarissa mitentscheiden. Schließlich muss sie das auch der Presse verklickern«, warf das Weißshirt in die Debatte. »Und du . . .«, er tippte mit dem Zeigefinger gegen die Brust des Irokesen, ». . . sorgst dafür, dass diese Schülergruppe noch ein paar Zugaben gibt. Wir müssen Zeit gewinnen. Zum Glück sind die ja gar nicht so schlecht.«

Der Irokese nickte ergeben, bevor er laut fluchte:

»Mann, ist das ’ne Scheiße! Eine Bombendrohung! Ich glaube es einfach nicht!«

Die Männer schoben ab in Richtung VIP-Zelt, um sich mit Clarissa zu beraten. Der Irokese schubste Tasse rüde beiseite, blickte dabei starr an ihr vorbei und stampfte zur Bühnentreppe, von der Mischas Band nach ihrer Darbietung heruntersteigen würde.

Tasse stand da wie ein Salzsäule.

Lars und Tina kamen angelaufen.

»Bei denen muss ja wirklich dicke Luft herrschen!«, sagte Lars. »Die haben dich nicht bemerkt, obwohl du genau neben ihnen gestanden hast!«

Tina sah Tasse sofort an, dass sie etwas Furchtbares gehört haben musste.

»Wahnsinn!«, hauchte Tasse nur und schaute starr geradeaus.

»Mensch, Tasse, was ist denn los?« Tina rüttelte ihre Freundin am Arm.

»Eine Bombe!«, flüsterte Tasse.

»Eine was?«, fragte Lars.

Tasse fuhr ruckartig herum, schaute nach dem Irokesen, sah ihn an der Bühnentreppe stehen und raste los.

»Tasse, was ist denn los?«, schrie Tina hinterher. Fragend sah sie Lars an, der nur verdutzt mit den Schultern zuckte.

Für Tina war es gar keine Frage. »Hinterher!«, kommandierte sie.

Lars und Tina liefen Tasse nach. An der Treppe angekommen, hörten sie Tasse gerade noch zu dem Irokesen sagen: »Du willst doch, dass die Gruppe noch ein paar Zugaben spielt. Dann musst du uns reinen Wein einschenken! Oder glaubst du, die spielen locker flockig weiter, wenn sie von mir erfahren, dass da eine Bombe auf der Bühne rumliegt?«

Tina erschrak. Was lag da auf der Bühne?

Der Irokese seufzte tief. »Na schön«, begann er. »Aber haltet das Maul, das rate ich euch!«

Tasse hob drei Finger zum Schwur.

Lars und Tina ahmten diese Bewegung sofort nach, obwohl sie überhaupt nicht wussten, worum es ging.

»Ich hatte euch ja gesagt, dass eure Truppe keinen Nebel bekommt«, muffelte der Irokese los.

Tasse, Tina und Lars nickten mit mürrischen Gesichtern. Lars triumphierte: »Dann hat es aber doch Nebel gegeben!« Er wollte sich gerade beschweren, dass der Nebel abgestellt worden war, als Jojo ihm über den Mund fuhr: »Aber der Nebel kam nicht von uns! Die ganze Nebelmaschine ist nicht von uns!«

Die Kinder staunten den Irokesen an. Jetzt wurde es spannend. Sie wussten, was Jojos Aussage bedeutete: Es hieß, irgendjemand Fremdes war ohne Befugnis auf die Bühne gelangt und hatte dort sogar eine Nebelmaschine installieren können!

Mit finsterer Miene stimmte der Irokese zu: »Genauso ist es, und als wir die Nebelmaschine stillgelegt hatten, klebte ein Zettel daran. Auf dem stand: Wenn die Nigger-Gruppe die Bühne betritt, fliegt der ganze Laden in die Luft!«

»Herrje!«, rief Tasse. Tina holte tief Luft. Lars schluckte nur.

»Wer hat den Zettel geschrieben?«, fragte Lars naiv nach.

Der Irokese lachte kurz auf. »Wenn ich das wüsste, würde ich dem die Fresse polieren, das kannst du mir glauben! Das Teil ist lediglich mit einem netten kleinen Hakenkreuz unterzeichnet und noch mit dem schönen Sinnspruch ›Nigger-Schlampen raus‹ verziert!«

»Die Nazischweine!«, sagte Tina leise.

»Bestimmt dieselben, die schon vor dem Hotel Randale gemacht haben«, glaubte Tasse.

»Und was macht ihr jetzt?«, fragte wieder Lars.

»Ich weiß es nicht«, antwortete der Irokese wahrheitsgemäß. »Und ich bin auch froh, dass ich nicht derjenige bin, der es entscheiden muss. Fest steht, dass eure Kumpels da oben noch ein paar Lieder zulegen müssen, damit wir Zeit gewinnen. Meint ihr, die haben das drauf?«

»Logo!«, antwortete Lars selbstbewusst. Er musste ja auch nicht mitspielen.

»Die spielen übrigens gar nicht so schlecht«, gab Jojo zu.

»Schleimer!«, konterte Tasse.

Aber niemandem war angesichts der Umstände nach einem Schmunzeln zumute.

EINE NEBLIGE ANGELEGENHEIT

Aus einer sicheren Entfernung von etwa zwanzig, dreißig Metern sah Tina, wie die berühmte Lea gerade aus dem VIP-Zelt kam. Sie war schon fix und fertig für die Bühnenshow aufgebrezelt. Perfekt geschminkt, trug sie ein kariertes Kopftuch, das die Kopfnarbe geschickt verbarg. Dazu trug sie ein kurzes, blassblaues T-Shirt mit langen Ärmeln, das Bauch und Taille frei ließ, dazu eine dunkle Jeans mit breitem schwarzem Gürtel. Ein kleiner, glitzernder Edelstein blitzte frech vom linken Nasenflügel.

Trotzdem sah Lea alles andere als gut aus. Ihre Miene war hart wie Stein, die Augen sahen traurig ins Leere, die Hände des Superstars zitterten. Tina brauchte nicht lange zu überlegen, was die Ursache dieser miserablen Verfassung war. Lea musste soeben von der Bombendrohung erfahren haben.

Tina rührte sich nicht. Sie betrachtete Lea sehr genau. Zigtausende in meinem Alter würden sich die Beine ausreißen, um dieser Frau so nahe zu kommen, geisterte ihr durch den Kopf. Aber Tina empfand in diesem Augenblick, in dem sie den Traum unzähliger Fans so real erlebte, nichts als Mitleid für diesen neugeborenen Star, der fast über Nacht von einem normalen Mädchen aus einem Gelsenkirchener Arbeiterviertel zu einer Teenie-Göttin aufgestiegen war.

Lea hatte das erlebt, wovon moderne Märchen erzählten. Angeblich war sie während eines Amateur-Rap-Wettbewerbes spontan auf die Bühne gesprungen, weil sie auch mal singen wollte. Sie hatte nicht nur die verblüfften Zuschauer begeistert, die bis dahin ausschließlich männliche Rapper bewundern durften, sondern vor allem auch zwei Mädchen im Publikum, die so angetan waren von Leas Auftritt, dass sie sofort auf die Bühne gerannt waren und mitgesungen haben. Dort trafen sich die drei zum ersten Mal: Lea, Micki und Jerry. Als sie die Bühne unter tosendem Beifall wieder verließen, wurde ihnen bereits der erste Plattenvertrag angeboten. Ching Chang Chong war geboren.

So jedenfalls ließ das Management der Gruppe die Entstehungsgeschichte verbreiten. Niemand wusste, ob sie stimmte. Aber selbst wenn, was hatte Lea von diesem Märchen?

Sie war berühmt, sie war stinkreich, sie hatte einen Beruf, auf den sie voll abfuhr. Aber sie hatte Angst!

Denn das, was Tina dort vor sich sah, war nichts als ein Häufchen Elend, das vor Angst zitterte. Und vielleicht auch vor Enttäuschung. Enttäuscht von der knallharten Kampagne, die sie auszuhalten hatte, seit sich ihr Ehemann umgebracht hatte. Angst vor weiteren rassistischen Übergriffen, denen sie ausgesetzt war, weil eine aufgeheizte Stimmung gegen Fremde und Dunkelhäutige den Nazibanden immer frischen Auftrieb gab. Und jetzt sogar eine Bombendrohung!

Was wohl der Blaue dazu sagen würde, wenn er Lea jetzt so sehen würde?, überlegte Tina. Der Blaue, wie sie den

Punk mit den blauen Haaren seit der ersten Begegnung nannte, hatte die Mega-Stars als karrieregeile Kommerz-Tanten abgetan, mit denen er nicht das Geringste zu tun haben wollte. *Der Blaue! Vielleicht konnte er weiterhelfen?*

»Na, was grübelst du?«, riss Tasse Tina aus ihren Gedanken.

Tina erzählte es ihr.

Sie war noch nicht ganz fertig, als Lars herangeschossen kam. »Die Bullerei ist im Anmarsch!« Aufgeregt zeigte Lars auf den kleinen Sandweg, der seitlich von der Bühne in den Wald hineinführte.

»Den kennen wir doch!«, rief Tina.

Lars nickte.

Und auch Tasse wusste sofort, wen sie vor sich hatten. Der Kommissar, der eine kleine Gruppe von Polizisten anführte, war niemand anders als der Berliner Columbo-Verschnitt, der die Ermittlungen geführt hatte, als Tina einmal vermisst worden war.

Der Kommissar kam überhaupt nicht dazu, die Kinder zu begrüßen. Wild gestikulierend eilte der Typ im weißen Shirt auf den Beamten zu: »Haben Sie eigentlich nicht alle Tassen im Schrank?«, schrie er schon los, bevor er bei seinem Gesprächspartner angekommen war. »Können Sie Ihre Freunde in den Försteruniformen nicht draußen lassen? Mann, hier ist ein Rockkonzert! Da können wir keine Uniformen gebrauchen!«

Der Kommissar blieb stehen, betrachtete den aufgebrachten Manager – oder was immer das braun gebrannte Muskelpaket im weißen Shirt darstellte – interessiert und antwortete ruhig: »Wir können ja auch wieder gehen, wenn Sie die Bombe alleine finden!«

Der Muskelmann zuckte unwillkürlich zusammen. 20 000 Menschen warteten ungeduldig auf die Mega-Stars. Lange ließen sie sich nicht mehr hinhalten. Er hatte bestenfalls noch eine halbe Stunde Zeit. Nichts wäre schlimmer als das Konzert absagen zu müssen. Nicht nur, dass die Fans so verärgert gewesen wären, dass eine Verwüstung der Waldbühne und des Geländes zu befürchten war; nicht nur, dass die Auszahlung des Eintrittsgeldes einen Millionenverlust bedeuten würde; nein, die Frage war ja auch, wer einmal Erpressern nachgab, ob der jemals wieder auftreten könnte? Würden sich sämtliche rechtsextreme Gruppierungen nicht ermutigt fühlen alle Konzerte schwarzer Musiker zu unterbinden, indem sie einfach kurz zuvor Bombendrohungen verteilten?

Dem Muskelmann stand der nackte Schweiß auf der Stirn, was Kommissar Wupdich natürlich nicht entging. »Wie ich sehe, sind wir uns einig, dass ich die Ermittlungen auf meine Weise führe«, stellte er klar, schob den Bodybuilder sachte beiseite und ging schnurstracks auf das VIP-Zelt zu, vor dem noch immer die zitternde Lea stand und ihre dritte Zigarette in Folge wegqualmte. Artur Wupdich lächelte den Superstar freundlich an, zog Notizblock und Kugelschreiber aus einer Seitentasche seines schmutzigen Trenchcoats.

Lea machte sich auf ein kurzes Verhör gefasst, obwohl sie keine Ahnung hatte, wie sie dem Polizisten weiterhelfen könnte. Vermutlich würde er sie nach persönlichen Feinden oder so etwas fragen. Davon hatte sie zur Zeit mehr als genug. Lea hatte das Gefühl, seit ihr Ehemann sich das Leben genommen hatte, gehörten außer Micki, Jerry und dem Management alle zu ihren persönlichen Feinden.

»Vielleicht haben Sie ein Autogramm für meinen Enkelsohn? Der steht total auf Sie!«, fragte Wupdich die verdutzte Lea.

Nach einer Sekunde der Verblüffung schrie sie dem Beamten ins Gesicht: »Haben Sie einen Sprung in der Schüssel? Hier geht es um eine Bombendrohung, Herrgott nochmal! Tun Sie doch was, statt hier rumzusülzen!«

»Ihre erste Bombendrohung?«, fragte der Hauptkommissar ohne etwas von seiner Ruhe zu verlieren.

Lea sah den Beamten verdutzt an. »Allerdings!«, betonte sie.

»Sehen Sie«, konterte Wupdich. »Meine nicht. Deshalb glauben Sie mir einfach, dass ich weiß, was ich tue. Wenn Sie da in einer halben Stunde auf der Bühne stehen, lasse ich Sie ja auch Ihren Job machen!«

Lea gaffte Wupdich verständnislos an.

Wupdich nickte ihr aufmunternd zu. »Ich habe mit unserem Sprengstoffexperten eine Wette abgeschlossen, dass er die Bombe nicht innerhalb von 15 Minuten findet! Eine ganze Kiste Schampus! Wissen Sie, was das für ein Beamtengehalt bedeutet? So eine Wette verliert der nicht! Der ist ein Schwabe!«

Wupdich hielt ihr erwartungsvoll den Notizblock und den Kugelschreiber vor die Nase. »Für Timmi, meinen Enkelsohn. Der sitzt mit seiner Mutter in der zehnten Reihe. Meinen Sie, ich will, dass die in die Luft fliegen?«

Lea war sprachlos. Ohne ein Wort zu sagen griff sie nach dem Schreiber und kritzelte mit zittriger Hand ihren Namen aufs Papier, als auch schon einer der Beamten auf Hauptkommissar Wupdich zukam.

»Eins muss man den Nazis lassen«, begann er ohne Umschweife. »Von Waffen verstehen die was! Wir haben die Nebelmaschine untersucht, die losgegangen ist und hier niemandem gehört. Funkgesteuert. Wenn die Bombe genauso konzipiert ist, dann gute Nacht.«

»Du meinst…?«, fragte Wupdich ohne den Satz zu beenden.

Sein Kollege nickte. »Die können das Ding jederzeit hochgehen lassen. Ganz nach Belieben.«

Wupdich steckte sich einen Zigarillo an.

Lea beobachtete nervös die langsamen und bedächtigen Bewegungen des Mannes. Er zündete den Zigarillo mit einer Achtsamkeit an, als wäre in dem Glimmstängel die Bombe eingebaut.

»Was heißt denn das?«, platzte es aus Lea schließlich heraus.

Wupdich drehte sich langsam um, ging ein paar Schritte auf den hinteren Teil der Bühne zu, von wo aus er über die Bühne nach vorn ins Publikum schauen konnte.

»Das heißt«, erläuterte er dann in gewohnt ruhigem Tonfall, »einer der Täter sitzt dort seelenruhig im Publikum und hält Kontakt zu einem Komplizen, der irgendwo den Fernauslöser bedient.«

Micki und Jerry kamen aus dem Zelt, sahen Lea mit dem Kommissar hinter der Bühne stehen und fragten nach dem Stand der Dinge. Lea erzählte es ihnen.

»Und jetzt?«, seufzte Micki.

»Moment!« Hauptkommissar Wupdich hob die rechte Hand, um dem Gespräch Einhalt zu gebieten.

Ein junger Mann mit Jeansjacke und wuscheligen, vollen Haaren gesellte sich zu der Gruppe. »Nichts!«, sagte er ungefragt.

Wupdich sah auf seine Uhr, deren Plastikarmband so durchgescheuert war, dass sie eigentlich hätte abfallen müssen.

»Was bedeutet das?«, wollte Micki wissen.

»Das bedeutet, dieser fleißige Mitarbeiter hat zu meiner großen Überraschung eine Kiste Schampus verloren.«

Micki fragte sich, ob sie einen gemeingefährlichen Irren vor sich hatte.

Jerry schnappte empört nach Luft.

Nur Lea wusste, was diese Aussage bedeutete: Die Polizisten hatten die Bombe nicht finden können!

»Und es heißt . . .«, entschied Wupdich, »dass wir das gesamte Areal jetzt evakuieren werden!«

»Nein!«, schrie der Muskelmann, der urplötzlich hinter Wupdich auftauchte. »Das können wir doch nicht machen!«

»So?«, fragte Wupdich den Manager. »Und was können wir machen? Haben Sie irgendeinen Anhaltspunkt, wie die Nebelmaschine auf die Bühne gelangt sein könnte? Irgendeine Idee, wer von den 20 000 da im Publikum der Bösewicht ist? Auch nur den kleinsten Hinweis, wer wann wo und wie hier eine Bombe installiert hat?«

»Ja, vielleicht!«, lautete die Antwort. Allerdings kam sie nicht vom Muskelmann, sondern von – Tasse!

Die ganze Gruppe, bestehend aus dem Manager im Muskelshirt, Wupdich und den drei Mega-Stars, wandte sich verblüfft zu ihr herum.

»Die Kurierdienst-Tussi!«, entsetzte sich Jerry. »Was willst du denn schon wieder hier? Wer hat dich denn diesmal reingelassen?«

Gerade wollte sie nach einigen Ordnern rufen, als Wupdich den jungen Star zurückhielt.

Jerry hielt einen Augenblick inne.

Tasse nutzte die Gelegenheit. »Mischa spielt da oben!« Sie zeigte auf die Gruppe auf der Bühne, die gerade zum Schluss ihres letzten Stückes kam.

»Toll!«, motzte Jerry. »Und? Sollen wir uns jetzt Autogramme holen?«

»Wäre auch 'ne Idee«, fand Tasse. »Aber wichtiger ist, dass Lars für Mischa die ganze Zeit mit seinem Camcorder gefilmt hat. Den Aufbau, den Soundcheck, das Konzert und so weiter. Vielleicht erkennt man darauf was?«

»Das wäre zwar wie ein Sechser im Lotto, aber einen Versuch ist es wert«, fand Wupdich. »Wo ist denn Lars?«

»Schon da!«, platzte Lars in die Runde. »Ich hab alles mitbekommen. Wusste doch, dass meine Aufnahmen für etwas gut sein würden!«

»Na, dann zeig mal!«, forderte ihn Wupdich freundlich auf, wollte sich gerade den Camcorder greifen und durch den kleinen Sucher-Monitor das Videoband betrachten.

»Das können wir einfacher haben«, bemerkte Jerry und

führte ihre Freundinnen, die Polizisten und sogar Tasse und Lars in ihr VIP-Zelt.

Lars und Tasse blieben geschockt stehen. Das war kein Zelt, in dem sie sich befanden, das war ein Wohnzimmer. Ach was, kein Wohnzimmer, sondern eine Suite, ein Palast! Ein großes, breites, knallrotes Ledersofa stand an der einen Seite. Davor war der Boden mit dicken Teppichen ausgelegt. Es gab eine kleine Bar, ein paar breite Liegen zum Ausruhen, einen großen Kühlschrank, eine gemütliche Sitzecke und einen riesenhaften Fernseher mit Videogerät, auf dem gerade eine Zeichentrickserie lief.

»Das braucht man alles, um ein Konzert geben zu können?«, wunderte sich Tasse. »Das sieht bei Mischa aber anders aus. Die haben hinten im Laster des Hausmeisters eine Kiste Sprudel stehen; das war's.«

Jerry hatte indessen die Videokassette ins Gerät geschoben und auf *Play* gedrückt.

Von draußen drang jetzt ein ohrenbetäubendes Gejohle ins Zelt. Das rhythmische Klatschen von 40 000 Händen peitschte durch das große Halbrund der Waldbühne. Erste grelle Pfiffe mischten sich ein, schließlich begannen die Ersten mit den fordernden Rufen:

»Ching Chang Chong!
Ching Chang Chong!
Ching Chang Chong!«

Natürlich stimmten sofort Tausende in den Ruf ein:

»Ching Chang Chong!
Ching Chang Chong!
Ching Chang Chong!«

Lars schaute sich um. »Was ist denn dort draußen los?«,

fragte er sich und steckte seinen Kopf aus dem Zelteingang. Sofort erspähte er Mischa und winkte ihn eilig zu sich.

»Ey!«, beschwerte sich Mischa, noch vollkommen außer Atem. »Was machst du denn da? Ich denke, du filmst unseren Auftritt? Sag jetzt bloß nicht, du hast unseren Schluss nicht drauf. Der war absolut abgefahren! Pits Basslauf hättest du erleben müssen und ...«

Lars bremste seinen Freund ab. In knappen Worten erzählte er ihm, was während des Auftritts alles passiert war.

Mischas Kopf, der bis eben vor Anstrengung noch knallrot gewesen war, wechselte sekundenschnell in krankhafte Blässe. »Wir haben die ganze Zeit auf einer Bombe gespielt?«, krächzte er. »Ich glaube, mir wird schlecht.«

DIE LETZTE CHANCE

Kommissar Wupdich hatte es sich schon gedacht. Auf Lars' Video war nichts zu erkennen, was er für seine Ermittlungen brauchen konnte. Lars hatte die spannendste Stelle verpasst. Zunächst hatte er noch die gesamte Bühne auf dem Bild, als Mischa und die anderen Mitglieder seiner Band ihre Instrumente auf die Bühne geschleppt hatten. Zu diesem Zeitpunkt war die Nebelmaschine noch nicht da gewesen. Lars hatte dann auf Mischa gezoomt, genau festgehalten, wie er sein neues altes Schlagzeug ausgerichtet hatte, war dann – zu Beginn des Soundchecks – wieder in die Totale gegangen und siehe da: Plötzlich stand die Nebelmaschine auf der Bühne. Den Moment des Aufbaus aber hatte Lars nicht mit aufs Bild bekommen.

»Es wäre ja auch zu schön gewesen!«, seufzte Wupdich.

Lars zuckte entschuldigend mit den Schultern. Wer konnte schon ahnen, dass sich ein Bombenleger an der Bühne zu schaffen gemacht hatte!

»Und ihr?«, fragte Wupdich Mischa. »Habt ihr beim Aufbau auch nichts bemerkt?«

Mischa schüttelte den Kopf. »Da waren so viele Leute, die alle irgendetwas gemacht haben«, verteidigte sich Mischa. »Außerdem war ich so nervös, ich habe nicht auf die anderen geachtet.«

Mittlerweile waren auch Pit, Sandra, Tanja und Ole ins Zelt der Mega-Stars geholt worden, aber auch sie konnten mit ihren Aussagen nicht weiterhelfen. »Tja, das war's dann wohl!«, resümierte Wupdich.

»Was soll das heißen?«, fuhr der Muskelmann sofort dazwischen.

Wupdich drehte sich ruhig zu dem Manager um. »Absage!«, befahl Wupdich knapp. »Sie sagen das Konzert ab!«

»Wohl wahnsinnig geworden!«, schrie Muskelmann verzweifelt. Aber er wusste auch keine andere Lösung.

»Ich kann auch nichts dafür, wenn Ihr Ordnungsdienst so schlampig arbeitet, dass hier Nebelmaschinen und Bomben hineingeschmuggelt werden können!«

»Schöne Scheiße!«, stieß Jerry aus, schlenderte zu der Sitzgruppe, ließ sich auf das rote Ledersofa plumpsen, streckte die Beine weit von sich und muffelte vor sich hin.

Lea stand mit zitternden Lippen da. »Hört das denn nie auf?«, fragte sie leise. »Was habe ich den Leuten denn getan, dass sie mich ständig verfolgen?« Sie vergrub ihr Gesicht in den Händen. Micki sprang sofort herbei und nahm ihre Kollegin in den Arm.

Tasse beobachtete die beiden Superstars, die mitten im Prunk ihres VIP-Zeltes hockten, umgeben waren von einer Schar Beratern, Sicherheitskräften, Managern und Service-Bediensteten und trotzdem einfach nur wirkten wie zwei Schulmädchen, denen gerade der erste Freund fortgelaufen ist.

Aber genau genommen waren sie ja auch nichts anderes. Gut, es waren erwachsene Frauen, bereits über zwanzig Jahre alt. Aber sie hatten sich für ihren Erfolg alles aus der Hand nehmen lassen.

Träumte jedes sechszehnjährige Mädchen davon, sich von den Eltern zu emanzipieren, endlich tun und lassen zu können, was es wollte, so waren diese drei Frauen mit Karacho in eine neue, viel unbarmherzigere Abhängigkeit geraten.

Wie sie sich in der Öffentlichkeit zu benehmen hatten, welchem Charaktertyp sie gerecht werden mussten, worüber sie sich öffentlich entrüsten durften und wozu sie gefälligst zu schweigen hatten, alles das wurde vorgegeben durch ein ausgeklügeltes System, das Management und Public-Relations-Fachleute für diese Mega-Stars ausgetüftelt hatten. Sogar ihre eigene Biografie wurde von professionellen Agenturen geschrieben, die sie ganz nach Belieben jünger machten, ihre Liebschaften verschwiegen, ihnen Fähigkeiten und Schwächen andichteten, von denen sie selbst nichts wussten, die aber ein verkaufsträchtiges Image abgaben. Selbst ihre Kleidung durften sich die Frauen nicht selbst aussuchen, denn die wurde von Stylisten, Imageberatern und Designern bestimmt.

Der Terminkalender dieser Girlies war randvoll, ohne dass sie auch nur einen einzigen Termin selbst hineingeschrieben hätten. Sie hatten den Ruhm und das Geld, aber dafür hatten sie auch zu parieren.

Nichts war leichter als eine hochgeputschte Gruppe ebenso fix wieder fallen zu lassen. Gerade in Deutschland funktionierte es bestens. In Deutschland mochte man ohnehin keine Menschen, die zu schnell und ohne allzu große Mühen Erfolg hatten. In Deutschland mochte man Fleiß und Mühsal, Entbehrungen und Verbitterung. Drei farbige, fröhliche Frauen, die – noch nicht einmal 25 Jahre alt – bereits Millionärinnen waren, mussten verflixt aufpassen nicht sehr schnell einer vernichtenden Medienkampagne ausgesetzt zu sein.

Lea hatte es bereits erwischt und der ganze Mitarbeiterstab hatte alle Hände voll zu tun dieses Missgeschick wieder auszubügeln.

Tasse ärgerte sich darüber, dass die Superstars nun nicht auftreten konnten und die Nazis wieder einmal die Oberhand gewannen. Mit ihrer fanatischen Gewalt drückten diese Verbrecher mehr als 20 000 Menschen ihren Willen auf. Wohin sollte das noch führen? Heute sorgten sie dafür, dass eine Musikgruppe nicht auftreten konnte, weil sie schwarze Sängerinnen hatte, morgen würden diese Gangster sich vielleicht das Restaurant ihres Vaters vorknöpfen, weil er Grieche war, und übermorgen wagte sich dann überhaupt kein Ausländer mehr auf die Straße. Wütend biss sich Tasse auf die Lippen.

Tina wusste sofort, was ihrer Freundin durch den Kopf spukte. Und plötzlich hatte Tina eine Idee. Sie riss ihren Rucksack vom Rücken, fummelte den Verschluss auf und kippte den gesamten Inhalt einfach auf den dicken Teppich. Neben vielem Krimskrams kam auch ihr Notizbuch zum Vorschein. Tina blätterte es schnell durch, hielt es dem verblüfften Kommissar Wupdich vor die Nase und sagte: »Vielleicht gibt es doch noch eine Chance!«

Wupdich las die Eintragung auf der Seite: »Süßen Typen kennen gelernt: Punker mit stahlblauen Haaren ...«

Tina entriss dem Kommissar entsetzt das Notizbuch. »Das doch nicht!«, beschwerte sie sich, wobei ihre Ohren sofort wieder knallrot angelaufen waren.

Tasse schmunzelte.

Lars verzog das Gesicht. Er hatte es doch gewusst, dass sich Tina in diesen Blödmann verguckt hatte!

»*Die Nummer* hier meine ich!«, erklärte Tina, zeigte dem Kommissar diesmal das Buch aber nicht, sondern las selbst vor:

»Antifa 5328644.«

»O je!«, stöhnte Wupdich. »Die Antifa! Das sind doch die durchgeknallten Kindsköpfe, die uns jedes Jahr am 1. Mai in Kreuzberg die rituelle Randale bescheren!«

»Das sind vor allem die Kindsköpfe, die das umfangreichste Fotoarchiv von aktiven Nazis besitzen«, konterte Tina. »Auch bei dem Überfall auf Ching Chang Chong vor dem Hotel hat der Blaue fotografiert. Wenn überhaupt jemand auf dem Video ein Gesicht wiedererkennt, dann der Blaue!«

»Der Blaue?«, wunderte sich der Kommissar.

Tina erläuterte ihm kurz, wer damit gemeint war.

»Es wäre vielleicht einen Versuch wert«, räumte Wupdich ein, wobei man ihm seine Skepsis aber noch deutlich ansah.

»Und ob das einen Versuch wert ist!«, meldete sich wieder der Muskelmann zu Wort. »Holt den Knaben her! Am besten mit Blaulicht! Wie lange dauert das denn?«

Wupdich konnte sich einen lauten Lacher nicht verkneifen. »Junge, sind Sie naiv«, sagte er dem Manager auf den Kopf zu. »Sie glauben doch wohl nicht im Ernst, dass sich ein Mitglied der Kreuzberger Antifa von einem Bullenwagen abholen lässt! Die schmeißen bestenfalls mit Steinen nach uns!«

»Und wie bekommen wir den Wunderknaben dann hierher?«, hakte der Muskelmann nach.

Wupdich sagte nichts, sondern sah nur mit ernstem Blick auf Tina.

Die kapierte sofort. »Ich weiß nicht, ob er wegen mir wirklich kommt«, gab sie zu bedenken.

Wupdich schüttelte seinen verwuschelten Kopf. »Er braucht nicht kommen. Du fährst zu ihm, mit der Kassette!« Wupdich drückte auf die Eject-Taste des Videorekorders.

»Was ist denn nun?« Der Irokese stürmte ins Zelt hinein. »Allmählich werden die da draußen verdammt unruhig. Gibt es nun einen Auftritt oder nicht?«

Der Muskelmann sah Kommissar Wupdich erwartungsvoll an. Wupdich biss sich auf die Lippen. Er hätte den ganzen Veranstaltungsort längst evakuieren müssen. Andererseits: Solange niemand von der Bombe wusste, entstand auch keine Panik. Seine Kollegen hatten schließlich den gesamten Bühnenbereich abgeklappert und nichts gefunden. Wenn doch alles nur ein Bluff war und die Bombe gar nicht existierte?

»Wie lange können Sie die Zuschauer noch ruhig halten?«, fragte Wupdich.

Der Irokese zuckte mit den Schultern. »Mit einem kleinen Trick vielleicht noch eine halbe Stunde.«

»Was für ein Trick?«, wollte Lea wissen.

Der Irokese schmunzelte. »Wie wäre es, wenn wir draußen erzählen, du wärest von der Treppe gestürzt, hättest dir einen Fuß verstaucht und ein Dutzend Ärzte sei gerade dabei, dich wieder auf die Beine zu bekommen? Dafür warten die Fans garantiert, und wenn du dann doch noch auf die Bühne kommst und singst und tanzt, werden sie dich noch mehr lieben.«

Lea wandte sich um und sah fragend zu Clarissa, die ja in Sachen Presse und Öffentlichkeitsauftritte das Sagen hatte.

Die entscheiden wirklich nichts mehr selbst, ging es Tasse durch den Kopf

Clarissa nickte. »Eine gute Idee!«, gab sie ihre Zustimmung.

Auch Wupdich war zufrieden. Mit dieser Begründung wusste auch der Attentäter, dass seine Drohung ernst genommen wurde und das Konzert infrage gestellt war. Das würde ihn hoffentlich davon abhalten, irgendwelche dummen Kurzschlusshandlungen zu vollziehen.

»Ich zisch dann mal ab!«, gab Tina bekannt.

»Moment!«, hielt Wupdich sie zurück. »Zwei Zivilbeamte kommen mit. Ihr fahrt mit Blaulicht zumindest in die Nähe. Wir dürfen keine Zeit verlieren.«

Tina nickte.

»Ich will auch mit!«, bettelte Tasse.

Tina sah Wupdich flehend an.

Wupdich himmelte zur Decke, stimmte schließlich zu.

»Und wie können wir Sie erreichen, wenn wir etwas herausgefunden haben?«, wollte Tina noch wissen.

»Na, per Handy!«, schoss es aus dem Muskelmann heraus.

»Ha!«, entfuhr es Wupdich. »Sie gucken zu viel Fernsehen. In unserer gesamten Dienststelle gibt es genau fünf Handys«, sagte er. »Und zu unserer Dienststelle gehören 75 Beamte!«

Der Manager schüttelte den Kopf. »Da darf man ja froh sein, dass sie die Verbrecher nicht mehr in Pferdekutschen verfolgen«, bemerkte er spitz. Und fuhr dann fort: »Also, Mädels. Hier ist meine Handynummer. Und das hier ist unsere Faxnummer. Wenn ihr ein Foto von einem Verdächtigen habt, faxt die Bilder durch, dann kann die Polizei sich hier gleich auf die Suche machen.«

»Kluges Kerlchen!«, lobte Wupdich.

»Und nun zischt ab!«, befahl der Manager.

Tasse sah dem Muskelmann fest ins Gesicht. »Wir sind nicht ihre Tanzpüppchen!« Mit dem Daumen zeigte Tasse zur Gruppe Ching Chang Chong hinüber. »Mit uns dürfen Sie ruhig höflich reden!«

Der Manager staunte Tasse an.

Tina, Tasse und ein Beamter verließen das Zelt, wobei Jerry Tasse einen giftigen Blick hinterherwarf.

»Schon praktisch, so ein Blaulicht«, fand Tina. Sie hatte sich immer schon gewünscht einmal in solch einem Fahrzeug durch die Stadt zu düsen. Nur knapp zehn Minuten später befanden sie sich in der Nähe des Bunkers.

Tina und Tasse sprangen aus dem Wagen heraus, bereits misstrauisch von einigen Passanten beäugt.

»Hoffentlich ist der Blaue überhaupt da!«, fiel Tasse ein.

Tina rannte die Treppe nach oben. Welches das richtige Stockwerk war, daran hatte sie keinen Zweifel, aber was für eine Tür war es? Beim ersten Mal hatte sie nicht darauf geachtet, vor welcher Tür der Blaue und dessen Freund gestanden hatten. Und beim zweiten Treffen hatte der Blaue sie schon unten vor dem Bunker abgefangen.

Tina blieb verunsichert stehen.

Tasse, die ihr gefolgt war, blickte sie fragend an. »Und?«

Tina zuckte mit den Schultern. »Warum haben die aber auch keine Namensschildchen an den Türen?«, ärgerte sie sich.

»Ich glaube, diese war es!«, vermutete Tina schließlich, ging auf die übernächste Tür zu und pochte mit der Hand gegen die schwere Eisentür, weil es natürlich auch keine Klingel gab.

Watson traute sich endlich wieder aus Tinas Hemd heraus, machte es sich auf ihrer Schulter gemütlich und schnüffelte in die Gegend.

Tina und Tasse warteten. Es regte sich nichts.

»Weshalb haben wir den Blauen nicht einfach angerufen und unsere Ankunft angekündigt?«, fragte Tasse. Sie kam sich sehr dämlich vor, weil ihr diese Frage erst jetzt einfiel.

»Weil er kein Telefon hat«, antwortete Tina.

Tasse wollte es nicht glauben. Sie wusste zwar, dass es noch etliche Leute gab, die ein Telefon nur dann akzeptierten, wenn es irgendwo festgeschraubt und verkabelt war, und Handys demzufolge für albernes Spielzeug hielten. Aber dass es Menschen gab, die nicht einmal ein Telefon besaßen, hielt sie für absurd.

»Er hat keine Kohle und das Sozialamt hat sich geweigert die Kosten fürs Telefon zu übernehmen«, erklärte Tina kurz und pochte noch einmal an die Eisentür.

»Das ist zu leise«, glaubte Tasse. Sie kramte ihren Hausschlüssel aus der Hosentasche und schlug damit kräftig gegen die Tür.

Watson zuckte entsetzt zusammen. Warum mussten die Menschen immer so einen Lärm veranstalten?

Watson flitzte an Tinas Arm herunter, sprang auf den feuchten Boden und raste durch den engen Flur bis zur nächsten Tür. »Watson! Bleib hier!«, rief Tina. Watson bremste ab.

»Der hört ja aufs Wort!«, amüsierte sich Tasse.

Tina wunderte sich selbst.

Watson schnüffelte an der Tür herum und Tina war klar, dass ihr kleiner Liebling keineswegs so gut dressiert war, wie sie vermutet hatte. »Der hat was Interessantes gerochen!«, stellte sie fest.

»Wahrscheinlich übt das Duftwässerchen deines neuen Schwarms einen ganz besonderen Reiz auf Hausratten aus«, lästerte Tasse.

Tina schwankte zwischen Empörung und Anerkennung. Der Blaue war noch lange nicht ihr neuer Schwarm, auch wenn er ihr sehr sympathisch war, und er benutzte kein Eau de Toilette – schon gar keines mit besonderem Rattenduft. Aber Tasse hatte Recht: Watson hatte den Blauen geschnuppert. Dies war seine Tür!

Tina bollerte heftig dagegen.

LARS FÄLLT ETWAS EIN

Kommissar Wupdich wischte sich mit einem schmutzigen Stofftaschentuch den Schweiß von der Stirn. Unruhig ging er in dem VIP-Zelt auf und ab, obwohl er sich sehr bemühte sich seine innere Unruhe nicht anmerken zu lassen. Er wusste, dass er unverantwortlich handelte, beinahe schon fahrlässig. Aber er wollte den rechtsextremen Gewalttätern das Feld nicht kampflos überlassen. Wenn es nur eine hauchdünne Chance gab, diesen Lümmeln das Fell über die Ohren zu ziehen, dann wollte er diese Chance nutzen – und bis zur letzten Minute warten.

Nervös stopfte er das Taschentuch in die abgewetzte Hosentasche, zog an seinem Zigarillo, warf den Stummel in einen Bleikristall-Aschenbecher auf dem Tisch neben dem Ledersofa, der so sauber blitzte, als wäre in dem Zelt das Rauchen verboten. Bei Wupdich zu Hause waren die Konfektschalen bei weitem nicht so vornehm wie hier die Aschenbecher.

Sofort eilte einer der Service-Angestellten herbei, leerte den Aschenbecher, putzte ihn und stellte ihn wieder auf den Tisch.

Wupdich zündete sich einen neuen Zigarillo an. Er sah auf seine Armbanduhr. Wenn er in den nächsten fünf Minuten nichts von Tina oder einem seiner Kollegen hörte, würde er das Konzert unwiderruflich absagen und das große Areal der Waldbühne räumen lassen. Wupdich atmete den blauen Dunst seiner Miniaturzigarre mit einem lauten Seufzer aus.

Von draußen hörte er das rhythmische Klatschen der Fans, welches wellenartig durch die Waldbühne schwappte, kurz aufbrauste, sich an der verwaisten Bühne brach, abebbte, um dann – nach einer kurzen Pause der Frustration – neu in Gang zu kommen.

»Was Neues?« Der Irokese steckte neugierig den Kopf ins Zelt. »Die Ansage hatte Wirkung«, betonte er, obwohl alle Anwesenden sie mitbekommen hatten. »Aber lange geht das nicht mehr gut!«

Wupdich nickte.

Ein fahriger Blick auf seine Armbanduhr zeigte ihm, dass er noch eineinhalb Minuten Zeit hatte, als er ein leises, zartes Klicken hinter seinem Rücken vernahm. Der Kommissar zuckte unwillkürlich zusammen. Keine Frage: Das leise, zarte Klicken konnte nur zur Sicherung einer Pistole gehören! Instinktiv griff er an sein Pistolenholster, zwang sich innerlich zur Ruhe und drehte seinen Kopf ganz langsam in Richtung des Geräusches ohne seinen Körper zu bewegen, während die rechte Hand sachte die Dienstwaffe umfasste.

»Ein Fax!«, rief der Manager und stürzte auf das Faxgerät zu.

Wupdich sah ihm verstört hinterher, suchte – möglichst unauffällig – nach dem vermeintlichen Angreifer, konnte allerdings nichts Böses entdecken. Seufzend nahm er die Hand von seiner Waffe. Verzweifelt schüttelte er sein graues Haupt. Das kam davon, dass sie in seinem Büro noch auf alten Adler-Schreibmaschinen herumhackten und froh sein mussten, dass ihre Post nicht mehr mit Marathonläufern befördert wurde wie im alten Griechenland. So ein Fax-Klicken war er einfach nicht gewohnt.

»Keine Absenderkennung!«, stellte der Manager mit kritischem Blick fest. »Aber es ist ein Foto darauf zu sehen.«

Wupdich nahm das Fax entgegen. Es war tatsächlich nur ein Foto zu erkennen. Es zeigte das Porträt eines Jugendlichen mit kahl geschorenem Kopf. Oben links und unten rechts waren schwarze Kreise auf dem Foto zu erkennen.

Wupdich erkannte sofort, dass es sich um ein kopiertes und vergrößertes Foto aus einem Reisepass handelte. »Wo haben die das her?«, fragte er sich laut.

Es folgte ein zweites Fax, auf dem Tinas Handschrift zu lesen war: *Walter Johns, geboren 23.11.1979, genannt Fritz (weil er immer sagt: Ich heiße Walter wie Fritz Walter.) Schon seit mehr als vier Jahren bei rechten Schlägerbanden und Wehrsportgruppen aktiv. Zuletzt verstärkt bei der Deutschen Volksaktion (DVA) gesehen. Er sitzt direkt am mittleren Aufgang, ungefähr 15. Reihe.*

»Donnerlittchen!«, staunte Wupdich. »Die haben den Täter wirklich unter 20 000 Besuchern rausgefischt?«

Mit zwei knappen Anweisungen und dem Faxbild schickte Wupdich zwei Kollegen los, die mit kleinen, leistungsstarken Ferngläsern (welche sie sich erst vom Veranstalter ausleihen mussten) hinter die Bühne verschwanden, um den Täter unauffällig ausfindig zu machen.

»So, hoffentlich finden sie ihn.« Zufrieden hatte Tina beobachtet, wie der Blaue das Foto durchs Fax geschoben hatte.

»Und ich dachte, der hat nicht einmal Telefon!«, bemerkte Tasse spitz und sah Tina auffordernd an, die aber nur mit den Schultern zuckte. Es war schon etwas merkwürdig, dass der Blaue sein Telefon und sein Faxgerät in der Speisekammer neben den Ravioli-Dosen stehen hatte.

Der Blaue wiegte entschuldigend den Kopf. »Naja, die Leitung ist nicht ganz legal«, gab er schließlich zu.

»Nicht legal?«, wollte Tina wissen. »Was heißt das?«

»Oh Mann!«, stöhnte der Blaue. »Du musst aber auch immer gleich alles wissen. Wir haben eine fremde Leitung angezapft. Deshalb kann ich zwar telefonieren und faxen. Aber nichts empfangen. Jedenfalls nur zu bestimmten Zeiten.«

Tasse schüttelte fassungslos den Kopf. Aber sie hatte keine Lust, sich jetzt mit dem Blauen darüber zu streiten, ob es in Ordnung war, auf Kosten anderer zu telefonieren. Stattdessen wollte sie lieber so schnell wie möglich zurück zur Waldbühne fahren. »Lasst uns mal los«, drängelte sie. Ich will miterleben, wie sie den Nazi schnappen.«

Der Blaue lachte laut auf. »Das schaffen wir doch nie! Bis wir dort sind, ist längst alles gelaufen.«

»Aber nicht, wenn wir mit Blaulicht ...«, warf Tasse ein, biss sich aber sofort auf die Lippen. Sie hatten dem Blauen ja noch gar nicht erzählt, dass zwei Häuserblocks weiter zwei Kriminalbeamte warteten.

Doch der Blaue kapierte sofort. »Ihr seid mit den Bullen hier?«, schimpfte er.

»Na, was denkst du denn?«, raunzte Tina zurück. »Meinst du, wir machen hier einen auf jugendlichen Privatdetektiv, oder was? Wir sind doch nicht im Jugendroman!«

Tina hatte eigentlich gar nicht so sehr aufbrausen wollen, aber sie ärgerte sich, dass sie nicht gleich den Mut aufgebracht hatte, dem Blauen reinen Wein einzuschenken.

»Pah!«, schnauzte der Blaue los. »Du warst wohl noch nie auf einer Demo, bei der die Bullen das Faschistenpack beschützt haben, was?«

»Und wenn schon!«, sprang Tasse ihrer Freundin bei. »Man kann nicht der Polizei Tatenlosigkeit vorwerfen und zugleich die Hilfe verweigern, wenn sie endlich mal etwas tun will. Das ist total inkonsequent.«

Der Blaue blieb hart. »Ich arbeite nicht mit Bullen zusammen. Raus hier!«

Tasse schwenkte die flache Hand vor ihrem Gesicht wie einen Scheibenwischer. »Tolle Prinzipien«, bemerkte sie spitz.

Tina warf dem Blauen einen giftigen Blick zu, der ihr sichtlich schwer fiel, hakte sich bei Tasse ein und marschierte mit ihr zum Ausgang.

Der Blaue stand da wie eine Wachsfigur und schmollte.

Sie donnerten die schwere Eisentür von außen zu.

Der Manager atmete auf. Der Beginn des Konzertes rückte in greifbare Nähe. Insgesamt würde es nur eine Stunde Verspätung geben. So viel Zeit ließen sich andere Popgrößen allein wegen ihrer Starallüren. Die Fans hatten die Ausrede mit Leas Verletzung geschluckt. Wenn die Gruppe gleich auftreten würde, wäre ihnen so viel Beifall wie kaum zuvor gewiss. Die Fans mochten tragische Helden. Lea hatte herbe Kritik der Presse einstecken müssen, den Tod ihres Ex-Ehemannes zu verkraften und dann war sie auch noch gestürzt und hatte sich den Knöchel verstaucht. Trotzdem gab sie nicht auf und kam auf die Bühne. Welch eine Dramaturgie!

Zufrieden flötete der Manager ein kleines Liedchen vor sich hin. »Was machen Sie mit dem Arschloch, wenn Sie es gefasst haben?«, fragte er übermütig in Wupdichs Richtung. Der Manager hatte offenbar nicht den geringsten Zweifel, dass in wenigen Minuten der ganze Spuk vorbei sein würde.

»Nichts!«, antwortete Wupdich und zündete sich schon wieder einen Zigarillo an.

Der Manager grinste unsicher. Machte sich der Kommissar jetzt über ihn lustig?

»Wie meinen Sie das?«, forschte er zaghaft nach.

»Ich kann mir nicht vorstellen, dass der Mann, den wir suchen, hier gemütlich in der Arena sitzt und den Zünder für eine Bombe in der Hand hält.«

»Sondern?«, fragte der Manager.

»Er steht mit dem, der zündet, in Verbindung. Wir müssen – wenn wir ihn gefunden haben – nur herausbekommen, auf welche Weise und mit wem«, erläuterte Wupdich.

Der Manager stöhnte. Er sah sein Konzert wieder in weite Ferne rücken.

»Ich hab allmählich keinen Bock mehr!«, schimpfte

Lea mit verweinten Augen. »Die sollen mich doch alle mal am Arsch fassen. Wofür mache ich denn hier die ganze Scheiße? Dann gibt es eben keine Live-Konzerte mehr. Basta!«

»Du hast wohl ein Rad ab, Mädel!«, meckerte der Manager. »Wer soll denn eure Platten kaufen, wenn euch keiner mehr kennt? Die Fans brauchen Stars zum Anfassen. Nur Rundfunk und TV-Spots genügen nicht. Sie müssen euch zum Greifen nah haben, beinahe zupacken können, das Gefühl bekommen, ihr seid welche von denen. Ganz zufällig seid ihr berühmt geworden. So, als hätte es jedem anderen Teenie auf der Straße auch passieren können. Das ist der Stoff, aus dem die Träume sind. Nur so funktioniert es, dass man euch anhimmelt. Ihr habt geschafft, was sich alle sehnlichst wünschen. Ihr seid . . .«

Der Manager brach ab, sah sich um und merkte erst jetzt, wie Wupdich und zwei weitere Kriminalbeamte ihm ebenso interessiert lauschten wie Mischa und Lars.

»Erzählen Sie nur weiter«, amüsierte sich Wupdich über die ungewollte Offenheit des Managers.

Der Manager grummelte in sich hinein, warf Lea noch einen bösen Blick zu und goss sich einen Whiskey aus der edlen Bar ein.

Einer der Polizisten, die den Täter ausfindig machen sollten, kam ins Zelt hinein. »Nichts!«, gab er ohne Einleitung bekannt. »Dort, wo der Typ sitzen sollte, sitzt er nicht. Und wir können ihn auch sonst nirgendwo entdecken.«

Der Manager stürzte seinen Whiskey herunter, Wupdich kräuselte die Stirn, Lea feuerte ihr Kopftuch in die Ecke, das sie sich über die Narbe gebunden hatte. »Das war's dann!«, war sie sich sicher.

»Der kann sich doch nicht in Luft auflösen!«, stöhnte der Manager.

»Die Waldbühne ist restlos ausverkauft. Alle Plätze sind seit zwei Stunden besetzt. Der kann sich nicht mal eben so umsetzen!«

Wupdich strahlte den Manager an. »Sie haben ja nicht nur was in den Muckis, sondern auch im Kopf!«, stellte er fest.

»Was soll das denn heißen?«, fragte der Muskelmann verblüfft.

»Na, was meinen Sie, wo unser Kandidat jetzt ist?«, frohlockte Wupdich.

»Weiß ich doch nicht«, pflaumte der Manager zurück. »Ich kann mich nicht in die Gedanken eines verrückten Bombenlegers versetzen.«

»Aber in die eines normalen Menschen«, gab Wupdich lächelnd zurück. Er liebte es, wenn komplizierte Dinge mit einfachen Lösungen zu bewältigen waren.

»Normal«, schrie der Manager aus. »Der ist doch nicht normal!«

»Biologisch schon!«, entgegnete Wupdich.

Lars stöhnte auf. Das wäre jetzt etwas für Tasse, dachte er. Er hingegen verstand kein Wort.

»Unser Kandidat hat im Moment nichts zu tun«, erläuterte Wupdich. »Weil auf der Bühne nichts passiert. Also genug Zeit, sich um seine Bedürfnisse zu kümmern: zu essen, zu trinken – oder …« Wupdich grinste, griff sich sein Funkgerät und gab eine allgemeine Anweisung durch: »Alle Toilettenwagen durchsuchen!«

Lars und Mischa schauten sich an. So einfach war letztendlich die Lösung? 20 000 Menschen waren dort draußen. Einer, nur ein Einziger von ihnen, drohte das gesamte Konzert in die Luft zu sprengen und genau diesen einen Wahnsinnigen brauchte man sich jetzt nur vom Klosettdeckel zu pflücken?

»Am besten, ihr spült den Drecksack gleich mit runter, wenn ihr ihn findet!«, rief Jerry den Polizisten hinterher.

»Ich finde, wir sollten über diese rechtsradikalen Hohlköpfe mal ein Lied machen!«, überlegte Micki laut.

»Ähem«, räusperte sich Sandra. »Wir ... haben da eins!«

Jerry sah Sandra an, als hätte sie vorgeschlagen ihr eine Million zu schenken. »Und?«, fragte Jerry mit arrogantem Unterton.

Sandra schrak zurück. »Es ist noch nicht veröffentlicht«, sagte sie schüchtern.

Sie hatte gerade daran gedacht, das Lied der Mega-Star-Truppe zu schenken; gewissermaßen als Erinnerung an die gemeinsam ausgestandenen bangen Stunden der Bombendrohung. Aber Jerrys hochmütige Art ließ sie sofort verstummen. Sollte die dumme Kuh sich doch ihr eigenes Lied über Rechtsradikale schreiben.

Lea jedoch merkte kurz auf. Doch bevor sie etwas sagen konnten, platzte eine andere Frage ins Zelt hinein: »Habt ihr ihn schon erwischt?«

Mischa und Lars wandten sich um.

Frohen Mutes sprang Tina ins VIP-Zelt hinein, gefolgt von Tasse und – ja, tatsächlich: auch der Blaue war dabei.

»Kann sich nur noch um Minuten handeln!«, strahlte Mischa Tina entgegen, während Lars argwöhnisch den Blauen betrachtete: Was wollte der denn schon wieder hier?

Wupdichs Kollegen begrüßten den Kommissar.

»Du glaubst nicht, wo sie den finden werden«, frohlockte Mischa. »Auf dem Scheißhaus!«

Einer von Wupdichs Kollegen blickte seinen Vorgesetzten zweifelnd an. Doch auch Kommissar Wupdich nickte zufrieden. »Ich denke auch, dass wir ihn dort finden werden.«

»Warum nicht«, gab der Kollege zufrieden zurück. »In der Wahl der Orte sollte man nicht wählerisch sein. Hauptsache, wir haben diesen Knallkopf am Wickel. Alles bestens.«

Wupdichs Funkgerät unterbrach die beinahe schon ausgelassene Stimmung der Versammlung.

»Nirgends zu finden!«, krächzte es aus dem Gerät, kaum verständlich, begleitet von lautem Piepen und Rauschen. Doch alle hatten es gehört.

Wupdich schaute in ein Dutzend versteinerte Mienen. »Das kann doch nicht sein!«, wunderte er sich. »Wo steckt der Bursche?« Er legte seine Stirn in Falten, räusperte sich und fragte sicherheitshalber noch einmal in sein Funkgerät. »Seid ihr ganz sicher?«

Er kannte die Antwort schon vorher, aber hörte sie sich geduldig an; eigentlich mehr, damit die anderen im

VIP-Zelt hören konnten, dass sie wirklich alles getan hatten.

»Natürlich sind wir sicher«, krächzte die Stimme aus dem Funkgerät. »Wir haben zwanzig Mann im Einsatz, zuzüglich die vierzig Ordner, die systematisch nach dem Mistkerl suchen. In den Sitzreihen, an den Getränkebuden, in den Toilettenwagen. Absolute Fehlanzeige. Wenn Sie mich fragen: Der ist nicht mehr hier.«

»Das glaube ich nicht!«, rief Wupdich ins Funkgerät hinein. »Woher wollen die dann wissen, ob Ching Chang Chong auftritt oder nicht?«

»Das wissen ja nicht mal wir selbst«, moserte Lea vom Sofa aus. »Mir geht die Warterei auf den Keks!«

»Verflucht!«, ärgerte sich der Kommissar. »Wir haben absolut nichts: keine Bombe, keinen Täter, einfach nichts. Ich glaube mehr und mehr, die ganze Chose ist ein einziger Bluff.«

»Und die Nebelmaschine?«, wollte der Manager wissen.

»Das Trumpf-Ass, um dem Bluff Wirkung zu verleihen«, vermutete Wupdich.

»Und das heißt?«, setzte der Manager nach.

Wupdich zögerte mit einer Antwort. Er sah einem seiner Kollegen tief in die Augen. Der nickte zustimmend und betonte noch einmal: »Wir haben wirklich alles durchsucht. Hier gibt es keine Bombe!«

Wupdich zog wieder seinen Putzlappen aus der Hose, den er für ein Taschentuch hielt, wischte sich damit über die Stirn und ließ ihn wieder in der Hosentasche verschwinden. Er musste eine Entscheidung treffen.

Sollte er das Konzert stattfinden lassen? Was war, wenn es doch eine Bombe gab? Aber seine Kollegen hatten doch alles durchsucht. Auf ihr Wort konnte er sich verlassen – in der Regel. Und wenn heute die Ausnahme von der Regel war? Andererseits durfte nicht ein dummer Scherz ein paar durchgeknallter Rechtsradikaler sofort zu einem Konzertabbruch führen. Wo käme man da hin?

»Wenn das Konzert platzt, werden die in der Oranienburger Straße vermutlich die Sektkorken statt einer Bombe knallen lassen«, murmelte der Blaue vor sich hin und sah gespannt auf den Kommissar. Welche Entscheidung würde der Bulle treffen?

Wupdich hob den Kopf, sah den Blauen von der Seite an: »Wie kommst du auf Oranienburger Straße?«

Der Blaue lachte: »Dachte ich mir, dass ihr Bullen keine Ahnung habt, dass die DVA dort ihren Sitz hat. Ihr kümmert euch ja nie um die Faschisten. Würde mich nicht wundern, wenn von dort die Nebelmaschine kam. Aber die können hier ja machen, was sie wollen, weil ...«

Wupdich winkte energisch ab. »Ist ja gut, Klugscheißer. Spar dir deine Reden für eure Versammlungen. Aber nerv mich nicht.«

Der Blaue warf dem Kommissar einen verächtlichen Blick zu, schaute dann Tina mit einem Gesichtsausdruck an, der sagte: Hab ich's nicht gesagt?

Lars tippte dem Blauen von hinten vorsichtig auf die Schulter. »Oranienburger Straße?«, fragte er schüchtern nach.

Der Blaue wandte sich um. »Ja, allerdings. Oranienburger Straße Nummer 8. Landesvorstand der DVA. Wieso?«

Lars räusperte sich. Er hatte das Gefühl, dass ihm etwas eingefallen war, was er schon viel früher hätte sagen müssen. »Da . . .«, begann er zaghaft, ». . . hatte ich vor einigen Tagen eine Tour hin.« Hilfe suchend schaute er zu Mischa, Tina und Tasse. »Ihr wisst schon, den blöden Nachmittag, an dem ich alleine losschieben musste.«

»Ja, und?« Wupdich wurde hellhörig. »Was hast du dorthin gebracht?«

»Tja«, machte Lars und zuckte schon jetzt entschuldigend mit den Schultern. »Ein Päckchen aus einem Elektronik-Markt!«

»Herr im Himmel!«, schrie Wupdich auf. »Das sagst du uns erst jetzt?« Wupdich haute mit der Pranke auf sein Funkgerät. »Jetzt geht's los. Razzia in der Oranienburger Straße 8. Landesvorstand der DVA. Aber sofort. Avanti!«

»Ist das mit dem Staatsanwalt geklärt? Von wegen Durchsuchungsbefehl?«, krächzte es aus dem Funkgerät.

»Ist mir doch schnurz!«, keifte Wupdich zurück.

So aufgebracht hatten die Kinder den Kommissar noch nie gesehen. Lars schrumpfte sofort um ein paar Zentimeter.

»Gefahr im Verzug. Ich will, dass ihr denen die Bude auf den Kopf stellt und sämtliche elektronische Teilchen, die ihr finden könnt, da rausholt. Abmarsch. Sofort! Schickt zwei Sprengstoffexperten mit!«

»Jetzt werden wir ja sehen, ob das Ganze nur ein Bluff war oder nicht«, stellte Wupdich für die Anwesenden im VIP-Zelt klar.

»Und das Konzert?«, fragte der Manager.

Wupdich sah zwischen dem Manager und Mischa hin und her. »Können die nicht nochmal?«, fragte er. »Nur zwei, drei Stücke. Wir brauchen noch ein wenig Zeit.«

Mischas Puls sauste sofort hoch auf 180. Seine Gruppe sollte nochmal spielen!

DAS KONZERT BEGINNT

»Bei drei!« Wupdich formte den Befehl nur mit den Lippen. Er stand im Treppenhaus mit dem Rücken an die Hauswand gelehnt, schaute seitlich auf die Tür mit dem Schild *Deutsche Volksaktion – Landesverband Berlin Brandenburg*. Fünf Männer warteten mit gezogenen Dienstwaffen auf den Stufen, die nach oben führten, drei weitere Beamte hielten auf der Treppe abwärts Stellung.

Wupdich hielt die linke Hand hoch und zählte mit den Fingern: Daumen – eins. Zeigefinger – zwei. Wupdich unterbrach und klingelte an der Haustür. Seine linke Hand schnellte wieder in die Höhe. Jemand öffnete die Tür. Wupdichs Mittelfinger streckte sich empor; das war die Drei. Der Kommissar sprang vor, trat gegen die Tür, der Bewohner torkelte drei Schritte zurück.

»Polizei!«, schrie Wupdich. »Dies ist eine Hausdurchsuchung. Niemand rührt etwas an!«

»Haben Sie denn einen Durchsuchungs ...«, stotterte der Bewohner.

Wupdich schob ihn rüde beiseite. »Schnauze!« Er hörte, wie in den hinteren Räumen hektisch mehrere Personen von ihren Stühlen aufsprangen. Schranktüren klappten. Schubladengeräusche waren zu hören.

»Ich habe gesagt, niemand rührt etwas an!«, brüllte Wupdich, schaltete um in den Laufschritt, war nach vier, fünf Schritten an einer hinteren Tür angekommen, trat sie auf, stellte sich breitbeinig in den Rahmen, richtete die gezogene Pistole in den Raum und schrie: »Alles bleibt sofort stehen. Niemand rührt sich!«

Seine Kollegen hatten den Mann, der die Tür geöffnet hatte, bereits zu Boden geworfen und ihm die Hände auf den Rücken gedreht. Ein Beamter durchsuchte den Liegenden, die anderen folgten Wupdich.

»Ich hoffe sehr für Sie, dass Sie für Ihre Wildwestaktion eine ausdrückliche Erlaubnis besitzen«, betonte einer der Herren im hinteren Büroraum gehässig. Er trug eine braune Pumphose, wie sie in der Hitlerwehrmacht üblich war, ein weißes Hemd mit schwarzem, dünnem Lederschlips und am rechten Oberarm eine rote Armbinde mit weißem Kreis, in dem wiederum vier kleine, schwarze Striche so angeordnet waren, dass das Auge daraus unwillkürlich ein Hakenkreuz formte, obwohl es – rein formal – keines war.

»Ich habe gesagt, nichts rührt sich. Das gilt auch für Ihre Lippen!«, herrschte Wupdich den Mann an.

Seine Kollegen machten sich sofort an die Arbeit. Es musste alles sehr schnell gehen. Und sie mussten erfolgreich sein. Wupdich hatte nichts in der Hand: keinen Durchsuchungsbefehl, nicht mal eine müde Absprache mit einem seiner Vorgesetzten. Es würde nur wenige Minuten dauern, bis die Verbrecher vor ihm einen Anwalt informiert hätten und Wupdich mit seinen Mannen das Feld räumen musste. Es sei denn, sie hätten bis dahin etwas gefunden, was die *Gefahr im Verzug* rechtfertigte.

Wupdichs Kollegen wussten, worauf es ankam. Sie gingen nicht gerade zimperlich mit dem Inventar des Büros um. Schranktüren flogen auf, die Schubladen wurden aus den Schreibtischen herausgerissen und der Inhalt einfach auf den Teppich gekippt. Nichts war vor Wupdichs Team sicher: Der kleine Badezimmerschrank in der Toilette wurde ebenso entleert wie sämtliche Schubladen in der Küche. Sie verschonten weder den Brotkorb in der kleinen Teeküche noch den Wasserkasten des WCs. Aber so sehr sie auch suchten, sie fanden nichts.

Der Nazi in der Pumphose grinste triumphierend. »Wenn ich denn jetzt unseren Anwalt anrufen dürfte.«

Wupdich lehnte sich schnaufend an die Wand am Ende des Raumes. Giftig blickte er zu dem Widerling in der Naziuniform hinüber. Wupdich wusste, dass er verloren hatte. Er sah gewaltigen Ärger auf sich zukommen. Hausdurchsuchung ohne Durchsuchungsbefehl! Das war verboten. Dem würde eine Forderung nach Schadensersatz folgen und genüsslich würde das widerliche Milchgesicht mit dem Hitlerbärtchen vor ihm eine Dienstaufsichtsbeschwerde bei seinem Chef einlegen. Wupdich würde um ein Disziplinarverfahren nicht herumkommen. Wütend schlug er mit der Faust gegen die Wand.

Einen Augenblick hielt er inne.

»Kann ich jetzt endlich den Anwalt anrufen?«, hakte der Mann in der Wehrmachtshose nach.

»Schnauze!«, fauchte Wupdich ihn an. Irgendetwas war mit der Wand los, gegen die er geschlagen hatte. Er schlug noch einmal dagegen. Diesmal mit der flachen Hand. Er drehte sich um und klopfte mit dem Zeigefinger die

Wand ab. »Moment mal!«, murmelte er vor sich hin. Verlief das benachbarte Zimmer nicht parallel zu diesem?

Der Kommissar stürmte los, schob den verstummten Nazi beiseite, eilte ins benachbarte Zimmer, blieb im Türrahmen stehen. Mit großen Schritten ging er das Zimmer ab, wobei er laut zählte: »Eins, zwei, drei, vier, fünf!« Er blieb stehen. Zwei seiner Kollegen waren ihm gefolgt, sahen ihm verblüfft zu. »Fünf Meter!«, rief Wupdich ihnen zu. Daraufhin wieselte er flink wieder zurück ins erste Zimmer. »Und hier?«, fragte er laut und wiederholte das Spielchen, schritt das Zimmer ab. »Eins, zwei, drei, vier!« Nach dem vierten Schritt stand er mit der Nase vor der Wand, gegen die er eben noch so wütend mit der Faust geschlagen hatte.

»Wo ist der letzte Meter?«, fragte er in die Runde. »Die Zimmer sind doch parallel. Und hinter der Hauswand folgt schon das Nachbarhaus. Da gibt es doch keine Nische!«

Das Milchgesicht mit dem Hitlerbart wurde nervös, rieb sich mit der Hand übers Gesicht, zuckte etwas mit den Augenbrauen, sagte aber nichts.

Wupdichs Kollegen standen mit offenem Mund im Raum. Wupdich riss die Türen von dem großen Aktenschrank auf, der an der Wand stand. Die Aktenordner hatten seine Kollegen schon hervorgekramt. Wupdich riss nun auch noch die Borde heraus und trat gegen die Rückwand des Schrankes. »Tatsächlich!«, rief er erfreut. »Eine Geheimtür!« Er schritt hindurch und pfiff laut durch die Zähne. »Sieh mal einer an«, feixte er fröhlich.

Der Fund hatte sich wahrlich gelohnt.

Hinter der dünnen, zusätzlich eingezogenen Wand verbarg sich ein kleines Kämmerlein, nur einen Meter lang, aber vier Meter breit. Darin befand sich eine kleine Werkstatt.

»Das reinste Elektronik-Labor«, staunte Wupdich. Sein Team machte sich sofort an die Arbeit.

Lars, Tasse und Tina kamen sich in ihrer Sitzecke reichlich blöd vor. Es gab kaum Bücher oder Zeitschriften, die bei ihrer Berichterstattung über die Mega-Stars nicht erwähnt hätten, wie unendlich dankbar die drei schwarzen Mädels ihren Fans waren, wie sehr die drei ihre einfache Herkunft betonten und unterstrichen, dass sie niemals vergessen würden, woher sie kamen: aus den ärmlichen Arbeitervierteln des Ruhrgebietes.

Ha!, dachte Tasse bei sich. Von wegen! Schon den ganzen Abend war mit den drei Superstars kein Wort zu wechseln. Entweder sie wurden von den drei eingebildeten Schnepfen angegiftet oder völlig ignoriert. Dabei spielte ihr bester Freund Mischa in der Vorgruppe, hatte sich gerade breitschlagen lassen ein zweites Mal trotz Bombendrohung aufzutreten, um die Fans dieser Mega-Püppchen zu beruhigen, und sie alle gemeinsam hatten das Interesse, diese rechtsradikalen Wirrköpfe zu fassen zu bekommen. Aber Gemeinschaftsgefühl? Solidarität? Zusammenhalt? Pustekuchen! Die drei Laufsteg-Models, von denen keine auch nur ein einziges Instrument spielte, lümmelten sich auf ihrer Zehntausend-Mark-Ledercouch und würdigten die anderen keines Blickes. *Mistbienen!*, dachte Tasse.

Tina hockte neben dem Blauen – ein bisschen zu nah, wie Lars fand –, fischte sich Watson aus dem T-Shirt hervor und streichelte ihn zärtlich. Gern hätte Tina auch bei Mischas zweitem Auftritt zugeschaut, doch sie musste Watson endlich mal ein wenig Ruhe gönnen. Doch Ruhe gab es auch im Zelt nicht.

Kaum hatte Tina ihren Liebling auf dem Arm, als Lea aufsprang wie vom wilden Hafer gestochen. »Nein, wie süß!«, giggerte Lea entzückt. Und schon hockte sie vor Tina, als wären die beiden seit Jahren die dicksten Freundinnen.

»So eine hatte ich auch mal!«, beteuerte sie und tatschte dem Tier ohne vorher zu fragen auf dem kleinen Köpfchen herum.

Tina entzog ihr die Ratte hastig. »Na, dann weißt du ja wohl, dass sich Ratten nicht von jedem Fremden auf dem Kopf herumklopfen lassen«, zischte Tina dem Mega-Star gereizt entgegen.

»Ratten sind keine Schoßhündchen!«, ergänzte Tasse erbost.

Lea kniff die Augen zusammen. »Pisst euch bloß nicht gleich ins Höschen, ihr albernen Schnecken. Ich kann ja wohl mal die Ratte streicheln.«

»Kannst du nicht!«, entschied Tina.

»Ach, und wieso nicht?«, fragte Lea drohend nach. »Was glaubst du eigentlich, wer du bist?«

»Jedenfalls keine verzogene Rockgöre, die sich von jedem begaffen lässt, nur damit die Kohle stimmt! Watson und ich sind zwar nicht reich und berühmt, aber wir bestimmen immer noch selbst, wem wir Pfötchen geben und wem nicht. Das kann man hier ja nicht von jedem behaupten!«

Der Blaue klatschte provozierend Beifall.

Das langte. Ohne zu zögern kam Micki wutentbrannt herangerauscht. »Du beknackte Berliner Oberschlampe, ich erzähl dir jetzt mal . . .«

»Ich komme aus dem Ruhrpott. Und ich jedenfalls habe das nicht vergessen!«, konterte Tina.

Micki blieb mitten in der Bewegung stehen. Jerry wollte ihren beiden Freundinnen zu Hilfe eilen. Doch Lea hielt sie mit einer Handbewegung auf, erhob sich langsam aus der Hocke und schaute nachdenklich auf Tina und Watson, den Tina wieder behutsam auf ihren Schoß legte.

»Weißt du, wie ätzend das ist, auf der Straße groß zu werden?«, fragte Lea dann eindringlich in das angespannte Schweigen hinein. »Was hättet ihr denn gemacht, wenn sich euch so eine Chance geboten hätte? Etwa gesagt: Nö, ich bleibe lieber im Dreck? Scheiß doch drauf. Sollen sie uns doch vermarkten. Dafür habe ich es geschafft. Bin raus aus dem Ghetto!«

»Was hast du geschafft?«, fragte der Blaue. »Dass dein Ex sich erhängt hat, die ganze Presse dich hetzt wie eine Meute und du dich auf der Straße nicht mehr frei bewegen kannst? Tolle Karriere!«

»Du wirst es nicht glauben«, gab Lea nachdenklich zurück. »Aber Ruhm macht auch Spaß. Sonst würde man es gar nicht aushalten. Wenn du aus dem Auto steigst und ein paar Hundert Fans stehen am Straßenrand und jubeln dir zu, das ist einfach geil!«

»Wär nichts für mich«, beharrte der Blaue.

Tasse wurde unsicher. Auch sie träumte nachts heimlich vom Ruhm. Zwar wollte sie nie Rockstar werden, aber oft schon hatte sie sich abends vor dem Einschlafen vorgestellt, wie sie eines Tages den Nobelpreis entgegennehmen würde – in Biologie oder Chemie, ganz egal. Auf jeden Fall als Wissenschaftlerin. Aber sie bräuchte in dem Fall auch ihr Leben nicht derart verbiegen zu lassen wie diese Mega-Stars. Je mehr Tasse darüber nachdachte, desto mehr fand sie, die Millionen, die die Mädchen verdienten, waren nur das Preisgeld dafür, dass sie nichts in ihrem Leben mehr selbst bestimmen durften, keinen Schritt vor die Tür machen konnten ohne Bodyguards, sich jedes Wort, das sie öffentlich aussprachen, dreimal überlegen mussten, damit es zum Image passte, welches eine PR-Agentur für sie ausgekungelt hatte.

Lea zuckte mit den Schultern. »Reich und berühmt sein und trotzdem seine Ruhe und nur echte Freunde um sich haben, das geht wohl nicht zusammen«, vermutete sie. »Als das Schicksal mich auserkoren hat reich und berühmt zu werden, habe ich eben zugesagt.«

Der Blaue lachte hämisch. »Das Schicksal ist gut. Wohl eher ein professioneller Manager, der genau wusste, wie heutzutage Popstars auszusehen haben. Mit Pickeln im Gesicht oder einer etwas dickeren Taille wäre das Schicksal sicher an dir vorbeigehopst!«

Lea hockte sich im Schneidersitz vor Tina und den Blauen. Sie befühlte ihre Narbe unter dem Kopftuch. »Mein Aussehen ist doch auch Schicksal. Und meine schwarze Hautfarbe hat nicht nur Vorteile.«

Der Blaue schwieg. Lea hatte Recht.

Rassismus war offenbar klassenübergreifend. Wenn die Schwarzen nicht gerade Tore für Hertha BSC schossen, war es den Rechtsradikalen mehr als egal, was die Menschen leisteten, ihr Hass traf sie alle.

»Darf ich?«, fragte Lea, diesmal fast schon schüchtern.

Tina hielt ihr Watson entgegen.

Die Hautfarbe eines Menschen war Watson ziemlich schnuppe, allerdings nicht dessen Parfüm. Da auch das von einem Sponsor geliefert wurde, der die halbe Tour der drei Mega-Stars bezahlte, hatte Lea nicht einmal Einfluss darauf. Sie hatten sich verpflichtet nur dieses eine Parfüm während der Tour anzulegen. Lea mochte es nicht besonders gern, Watson aber fand es abscheulich. Lea hatte die kleine Ratte noch nicht ganz auf ihrem Arm, als Watson sich laut quiekend mit einem gewagten Sprung ins Freie rettete, über den Teppichboden des VIP-Zeltes preschte und hinaus in die Zuschauerränge raste.

»Oh nein!«, rief Tina entsetzt und jagte ihrem Liebling hinterher. Natürlich vergeblich. Wenn Watson verschwinden wollte, dann verschwand er auch. Wie vom Erdboden verschluckt.

Tina schielte seitlich hinauf auf die Bühne. Ob er sich wieder in Mischas Schlagzeug ...? Sie durfte nicht nachsehen. Wenn sie jetzt auf die Bühne springen würde, das würde Mischa ihr nie verzeihen. Seufzend hockte sich Tina neben die Bühne, als jemand von hinten nahte.

»Endlich!«, freute sich der Irokese. »Unsere Mädels dürfen auftreten!«

Tina sah ihn verblüfft an. »So plötzlich?«, fragte sie nach.

Der Irokese grinste über alle vier Backen. »Der Kommissar hat die Zentrale des Bombenlegers ausfindig gemacht. Sie haben ein Elektronik-Labor gefunden und dabei herausgefunden, dass alles nur eine Finte war!«

»Eine Finte?«

»Ja, stell dir vor«, übernahm Lars das Wort, der dem Irokesen hinterhergelaufen war, um Tina zu informieren.

Der Irokese marschierte schnurstracks weiter, um Mischas Band das Zeichen zu geben, zum Schluss zu kommen.

Lars erzählte unterdessen weiter: »Die Nebelmaschine war echt, um Eindruck zu schinden. Aber es hat nie eine Bombe gegeben. Das haben die Täter ausgesagt und sie haben auch keinerlei Anhaltspunkte für den Bau einer echten Bombe gefunden. Nur eben für diese Nebelmaschinen-Spielerei.«

»Sicher?«, fragte Tina skeptisch nach.

»Na!«, beruhigte sie Lars. »Wenn der Kommissar das sagt!«

Mischa und seine Band ernteten noch einmal großen Beifall, verabschiedeten sich winkend von der Bühne, der Irokese sprang ans Mikro und war sichtlich erleichtert, als er ansagte:

»Lange habt ihr warten müssen ...«

Gellendes Pfeifkonzert.

Der Irokese hob beschwichtigend die Hände. »Das Schicksal meint es eben zurzeit nicht so gut mit Lea.«

Ohrenbetäubendes Pfeifen, gefolgt von Beifall und lauten »Lea, Lea«-Rufen.

»Erst diese miese Pressekampagne gegen Lea ...«

Das Pfeifen und die Buhrufe nahmen eine Lautstärke an, gegen die ein Presslufthammer nahezu Flüstern darstellte.

Der Irokese wartete ab. Er genoss die Dramaturgie, um die gute Botschaft zu verkünden. »... und dann verknackst sie sich auf dem Weg zur Bühne auch noch den Fuß.«

Gespanntes Schweigen. Das wussten ja bereits alle.

»Aber Lea lässt sich nicht unterkriegen«, schrie der Irokese nun ins Mikro hinein.

»Lea«-Transparente wurden geschwungen. Tosender Beifall fegte über die Bühne, Pfiffe der Begeisterung peitschten durch das offene Areal. Hysterische Mädchenschreie drangen bis an die Schmerzgrenze ins Ohr. »Lea steht immer wieder auf!«

Auch die 15 000 Menschen sprangen nun von ihren Sitzplätzen. Niemand hielt es mehr auf seinem Platz. Der Beifall brandete wie ein Orkan den Musikern entgegen, die niemand kannte, aber ohne die die drei Mädchen schlicht aufgeschmissen gewesen wären. Die ersten Töne erklangen und schon sangen die 20 000 Besucher lauthals mit. Jeder Ton, jede Silbe dieses Mega-Hits waren bekannt.

Und dann war es so weit:

Micki und Jerry betraten von hinten die Bühne, verharrten noch einen Augenblick hinter dem großen Lautsprecherturm auf der linken Seite, bis sie endlich für alle sichtbar ins Scheinwerferlicht traten. Jeder Schritt wurde sofort live auf zwei riesige Videoleinwände links und rechts der Bühne übertragen. Die 5000 Fans vorn vor den Sitzreihen pressten sich wie eine dicke, klebrige Masse an die Bühne heran, bettelnde Hände reckten sich empor, aus sperrangelweit geöffneten Mündern drangen die hysterischen Schreie ekstatischer Jugendlicher, die schon jetzt kurz vor der Ohnmacht standen, hinauf zu ihren Idolen.

Das Bühnenlicht erlosch bis auf zwei kleine Spots, die auf Micki und Jerry gerichtet blieben. Die Musiker spielten weiter, blind, aber das waren sie gewohnt. Sie durften sich durch die enormen Lichtreflexe nicht aus der Ruhe bringen lassen. Fünfzehn Spots blitzten nun in allen Farben auf, bündelten sich zu einem grellen, weißen Strahl, der erwartungsvoll den leeren Platz neben dem großen Lautsprecherturm ins Visier nahm.

Dann
kam
sie:
L E A sprang ins Rampenlicht, tänzelte lachend um den Bassisten herum, winkte ins Publikum, hüpfte an den vorderen Rand der Bühne, verbeugte sich, nahm das Mikro so dicht vor den Mund, dass es an ihre strahlend weißen Zähne zu stoßen drohte, und hauchte in die Nacht: »Danke! Ich liebe euch!«

20 000 Menschen schrien, kreischten, krächzten, zerzausten sich die Haare, schüttelten die Köpfe, weinten Tränen, schluchzten, jammerten, zitterten, warfen kleine Teddybären auf die Bühne, hielten Transparente in die Höhe, griffen mit ihren Händen hoch in die Luft, als würden sie ihr Idol körperlich umfassen können, fielen auf die Knie, standen wieder auf, umarmten die nächst-

stehenden Nachbarn, die ebenso wenig wussten, wie sie ihren unbeschreiblichen Gefühlen noch mehr freien Lauf lassen konnten. Sie konnten ihr Glück nicht fassen, dass sie – LEA – nur wenige Meter von ihnen entfernt leibhaftig auf der Bühne stand. Zwei Mädchen in der ersten Reihe kippten auf der Stelle in Ohnmacht. Sofort gaben die Ordner über Funk dem Sanitätsdienst Bescheid.

Die anderen Fans hoben die Mädchen hoch, reichten sie über ihren Köpfen weiter durch bis zum Rand. Wie Schaufensterpuppen schwebten die bewusstlosen Körper der beiden Mädchen über die Menge hinweg, getragen von Hunderten von Händen, bis an die Seite, wo der Sanitätsdienst mit den Bahren wartete, die beiden in Empfang nahm und ins Sanitätszelt trug, um sie dort zu behandeln.

58 Mark Eintritt hatten die Mädchen bezahlt, mehr als ein volles Monatstaschengeld, bereits zwei Stunden vor Konzertbeginn hatten sie an ihren Plätzen vor der Bühne gestanden, sich eine Stunde die Vorgruppe angesehen, eine weitere Dreiviertelstunde geduldig gewartet, was weiter passieren würde, und jetzt, als das lang ersehnte Konzert endlich begonnen hatte, waren sie einfach vor Erschöpfung umgekippt und bekamen vom Rest des Konzertes nichts mehr mit.

Micki, Jerry und Lea waren in Topform. Nichts deutete auf die Probleme hin, die die Gruppe noch Minuten zuvor hatte durchstehen müssen.

»Professionell sind sie, das muss man ihnen lassen«, erkannte Mischa neidlos an. Aber Tina hatte kein Ohr für

Mischas Worte. Verzweifelt suchte sie nach Watson, von dem immer noch nichts zu sehen war.

Und dann geschah es. Der absolute Alptraum. Und Tina wünschte sich nichts sehnlicher, als dass es wirklich einer gewesen wäre. Doch es war schlimmer, es war Realität. Denn wenig später machte Watson unheilvoll auf sich aufmerksam.

WATSONS GROSSER TAG

Lea, Micki und Jerry waren in der Form ihres Lebens. Vielleicht war es die große Erleichterung, nachdem die Bombendrohung sich als Bluff erwiesen hatte. Sicher trug auch die euphorische Sympathiebekundung der Fans ihren Teil dazu bei, dass Lea und ihre Gruppe an nichts mehr dachten, an die Pressekampagne nicht, an den Angriff der Skinheads vor dem Hotel nicht, nicht an die Bombendrohung und auch nicht an Leas toten Ehemann. Das Einzige, was in diesem Moment zählte, war die Musik, nichts als die Musik, die die Mega-Stars wieder – wenn auch nur für einen Moment – in den rosaroten Himmel der Popgötter emporsteigen ließ.

Das erste Lied ging dem Ende entgegen. Tosender Beifall brandete erneut auf.

»Und jetzt volle Power!«, freute sich einer der beiden Tonmischer am Mischpult.

Alles klappte wie am Schnürchen. Das computergesteuerte Mischpult regelte sich von selbst. Für jedes Lied gab es ein extra Programm, das sämtliche Regler speziell für die Stimmung jedes einzelnen Stückes regulierte. Beim zweiten Stück kam immer höchstmögliche Lautstärke, um noch einmal eine Steigerung der Anfangseuphorie hinzubekommen.

Zufrieden schaute der erste Tonmischer auf das riesige

Mischpult, als Lea – entgegen jeglicher Proben – sich vorn an den Bühnenrand stellte und eine Überraschung bekannt gab.

Sie stand dabei allerdings zu weit links, zu dicht am Lautsprecherturm, so dass ihr Mikrofon eine Rückkopplung verursachte. Ein entsetzliches Pfeifen schmerzte in den Ohren.

»Verdammt, was macht die dumme Kuh denn da?«, fluchte der erste Tonmischer. Schnell zog er manuell den Gesamt-Lautstärkeregler herunter. Das Pfeifen verschwand. Damit war der Ablauf des Computerprogramms unterbrochen. Vorsichtig erhöhte er die Lautstärke von Leas Mikrofon manuell. Doch Lea hatte mitgedacht und entfernte sich schnell vom Lautsprecherturm.

»Ich möchte unserer Vorgruppe danken für die Zeit, die sie überbrückt hat, während mein Fuß verarztet wurde!«

Ein lang anhaltender, aber doch sehr braver Beifall erklang.

Jerry starrte auf Lea. Wieso startete die plötzlich einen Alleingang?

Micki drehte sich unauffällig um und sah nach Clarissa. *Darf die das?*, fragte der Blick.

Clarissa zuckte nur mit den Schultern. Sie konnte im Moment auch nichts daran ändern. Hoffentlich sagte das Mädchen nichts Unüberlegtes. Sie saß schon tief genug in der Tinte. Clarissa hatte in den letzten Wochen kaum mehr als drei Stunden pro Nacht geschlafen, so viel Kraft hatte es gekostet, der massiven Pressekampagne gegen Ching Chang Chong entgegenzuwirken.

»Und deshalb möchten wir uns auf besondere Weise bei der Gruppe *Eltern haften für ihre Kinder* bedanken.«

Die beiden Tonmischer sahen sich ratlos an.

»Kommt nochmal auf die Bühne!«, rief Lea Mischas Gruppe zu sich hoch.

Die Zuschauer wirkten etwas verwirrt. Aber wenn Lea etwas machte, würde es schon richtig sein. Also klatschten sie kräftig Beifall.

Mischa, der neben der Bühne stand, dachte für einen Moment, sein Herz bliebe stehen. Pit verschluckte sich an seinem Mineralwasser. Ole klopfte ihm auf die Schulter, aber auch er glaubte sich verhört zu haben. Sandra reagierte am schnellsten. Bevor die Oberdiva der Mega-Stars es sich anders überlegte, hüpfte Sandra schnell auf die Bühne. Tanja sah ihr mit offenem Mund hinterher.

»Nun kommt schon!«, zischte Sandra schnell von der Bühne hinunter zu ihren Freunden, dann holte sie tief Luft und stellte sich mutig neben Lea. 20 000 Zuschauer jubelten ihr zu. Sandra spürte eine wohlig warme Welle des Stolzes in ihrem Körper.

Zögerlich trotteten Tanja, Pit, Ole und als Letzter Mischa hinterher, bauten sich nebeneinander auf, so dass die ganze Gruppe jetzt neben Lea stand und sich bejubeln ließ.

»Herzlichen Dank an die Gruppe *Eltern haften für ihre Kinder*«, rief Lea lachend ins Mikro.

Tina unterbrach kurz ihre Suche nach Watson, stellte sich auf die Zehenspitzen, um alles auf der Bühne verfolgen zu können. Sie schmunzelte, denn Tina ahnte, dass

Leas spontaner Einfall etwas mit ihrem Gespräch zu tun hatte.

Lea unterdessen versteckte das Mikrofon hinter ihrem Rücken, tuschelte Sandra etwas ins Ohr, während Micki und Jerry immer noch nicht begriffen, was los war.

Auch die Bandmusiker der Mega-Stars standen etwas unschlüssig auf der Bühne herum und wussten nicht so recht, was sie machen sollten.

»Diese bescheuerte Nuss versaut den ganzen Gig«, meckerte der Irokese hinter der Bühne. »Was macht die denn da?«

»Warte erstmal ab«, beruhigte das Weißhemd ihn. »Durch eine ähnliche spontane Aktion haben wir das Mädel schließlich überhaupt erst gefunden. Manchmal hat sie eben geniale Eingebungen. Noch ist das Publikum doch begeistert!«

Der Irokese schwieg verärgert.

Sandra besprach etwas mit ihren Bandmitgliedern, während Lea dem Publikum ebenso wie ihren erstaunten Mitsängerinnen zurief. »Wir bieten euch jetzt eine absolute Weltpremiere. Extra für euch hat die Gruppe *Eltern haften für ihre Kinder* einen aktuellen Song geschrieben. Wir werden ihn jetzt zusammen mit dieser Gruppe spielen!«

»Die spinnt!«, schrie der Irokese aufgebracht. »Ein Stück ohne Proben auf die Bühne zu bringen. Die blamiert sich doch bis auf die Knochen!«

Das Weißhemd sah unsicher zu Clarissa hinüber. Diese Nummer war ihm auch nicht geheuer.

»Verdammt! Verflixt! Mist!«, fluchte der erste Tonmischer. »Wie denkt die Alte sich das? Wie sollen wir das denn aussteuern? Die haben ihre Instrumente doch längst abgebaut! Das geht doch überhaupt nicht!«

Das dachte sich auch Mischa. Völlig verwirrt stand er auf der Bühne. Sein Schlagzeug lag auseinander gebaut schon beim Laster des Hausmeisters. Ole hatte seine Gitarre zwar noch griffbereit, aber wo sollte er sie anschließen?

Nur das Publikum war begeistert. Es johlte, klatschte, hüpfte. Wann wurde einem schon mal eine Weltpremiere geboten? Und dann noch so spontan? Lea war doch wirklich die Größte!

Lea wirbelte auf der Bühne herum, als müsste sie das gesamte Konzert aus dem Ärmel schütteln. Wild sprang sie auf ihre Musiker zu, gab ihnen kurze, knappe Anweisungen. Der Bassist zeigte ihr einen Vogel, aber dann befolgte er doch, was Lea ihm zugerufen hatte. Kopfschüttelnd zog er den Gurt über den Kopf – und drückte Pit seinen Bass in die Hand. Der war sprachlos.

Die Zuschauer spürten, dass sich auf der Bühne gerade eine Weltsensation abspielte. Mit einem Mal wurde es im weiten Rund der Waldbühne mucksmäuschenstill. Staunend betrachteten die 20 000 Fans das stumme Schauspiel auf der Bühne. Der Gitarrist folgte dem Beispiel des Bassisten, indem er Ole sein Instrument überließ, der Schlagzeuger räumte seinen Platz für Mischa, Tanja nahm an den Keyboards Platz, Sandra bekam ein kabelloses Mikrofon in die Hand gedrückt. Die hoch bezahlten, durch und durch professionellen Musiker überreichten einer namenlosen Amateur-Jugend-Rockgruppe ihre Instrumente und verzogen sich dezent in den hinteren Bereich der Bühne.

Selbst die Pressefotografen unten vor der Bühne hatten einige Minuten gebraucht, um zu begreifen, was sie dort durch ihre Linsen sahen. Jetzt, als sie kapiert hatten, was dort vor sich ging, zuckte ein Blitzlichtgewitter über die Bühne, als ob der Bundeskanzler auf offener Bühne in Badehose Kasatschok tanzte.

Jerry und Micki verstanden in diesem Augenblick, dass sie Teil einer Sensation wurden, die ihnen in den darauf folgenden Wochen wieder die Titelseiten aller wichtigen Teenie-Zeitschriften einbringen würde – aber endlich wieder mit positiven Schlagzeilen. Nun war es auch für sie keine Frage, dass Leas plötzlicher Einfall eine geniale PR-Idee war. Sofort machten sie mit, ließen sich von Sandra den Text des neuen Liedes zeigen, während Mischa die ersten Takte anschlug.

Der Tonmischer nutzte die Gelegenheit, das Schlagzeug einigermaßen neu auszusteuern. »Wenn das gut geht, fange ich noch heute Nacht an meine Memoiren zu schreiben! Und du bist Zeuge«, verlangte er von seinem Kollegen. »Das glaubt mir sonst niemand.«

Sandra gab Ole und Pit ein Zeichen. Auch Tanja setzte ein und Sandra informierte das Publikum: »Dieses Stück haben wir erst vor wenigen Tagen geschrieben. Es ist entstanden nach dem brutalen Überfall einer Horde Skinheads auf die Gruppe Ching Chang Chong vor dem Interconti-Hotel. Wir widmen dieses Lied der Sängerin Lea, damit sie sich nicht unterkriegen lässt!«

Selbst in ihren wildesten Träumen hatte Sandra noch

nie so einen tosenden Beifall geerntet. Ihr Hals wurde mit einem Male sehr trocken.

Bloß nicht räuspern!, schoss es ihr durch den Kopf. Kein Profi würde jemals ins Mikro räuspern. Sandra überspielte ihre Verlegenheit, indem sie lachend ins Publikum winkte, sich kurz abwendete, Lea einen knappen Gruß hinüberschickte, dabei kaum merklich drei Schritte nach rechts hinten machte, damit bei der rettenden Wasserflasche angekommen war und einen tiefen Schluck nahm. Trinken durfte man auf der Bühne, aber auf keinen Fall räuspern! Sandras Kehlkopf spielte wieder mit. Sie schloss kurz die Augen, senkte den Kopf leicht. Eine letzte Sekunde konzentrieren. Dann ging es los.

Mischa, Pit, Tanja und Ole hatten das Intro dreimal wiederholt, um auf Sandra zu warten. Jetzt, zum Ende des vierten Mals, war Sandra so weit. Sie tänzelte zwei Schritte nach vorn – begann mit dem harten Rap-Sprechgesang:

Ey, seht doch mal die Typen da,
ich glaube, die sind nicht ganz klar.
Kahl rasiert in Bomberjacken,
vorneweg die Naziflaggen,
marschieren sie durch die Stadt.
ICH HAB SIE SATT!

Lea war begeistert! Das war genau der Stil, in dem Ching Chang Chong zu singen pflegte. Ein kurzer Blick zu Micki und Jerry genügte, um Übereinstimmung zu erzielen: Dieser Song war megageil!

Der Tonmischer zog Oles Gitarre etwas zurück, gab

dafür dem Keyboard ein wenig mehr Power. Dann zog er Leas Mikro auf. Denn die blickte auf ihren Spickzettel und sang die zweite Strophe sogleich mit:

Sie saufen sich die Birne voll
und finden sich dabei ganz toll.
Der deutsche Wahn hat sie vereint.
Und das, was ihnen fremd erscheint,
das haun sie platt.
ICH HAB SIE SATT!

Micki und Jerry wippten begeistert mit. Der Tonmischer reagierte sofort. Mischa bekam auch noch etwas mehr Saft. Sandra gab ein Zeichen, dass ihr Monitor zu leise war. Auch dies wurde geregelt. Bei der dritten Strophe waren dann Micki und Jerry auch dabei:

Von ihren Sprüchen, Scheiß-Parolen,
lass doch ich mich nicht verkohlen.
Sie prügeln, morden, legen Brände,
ihre Taten sprechen Bände.
Und wer hier was zu sagen hat, dem sag:
ICH HAB SIE SATT!

»Das ist der helle Wahnsinn!«, hauchte Clarissa. »Das wird wieder Platz 1 in den Charts. Gerade wegen der Entstehungsgeschichte!« Bei der vierten Strophe war das Publikum längst wieder in Ekstase dabei.

Alle Skinheads, Nazischweine,
jetzt machen wir euch endlich Beine!
Mit Hakenkreuz und Hitlergruß,
da ist jetzt Schluss!
Verpisst euch aus der Stadt!

Lea nahm das Mikro beiseite, beugte sich vor, hielt eine Hand an ihr Ohr und das Publikum verstand. 20 000 schrien wie aus einer Kehle den Schlusssatz:

WIR HABEN EUCH SATT!

»Und jetzt alle!«, rief Lea.

Die 20 000 legten sich ins Zeug und begannen wieder mit der ersten Strophe. Es war phänomenal, wie schnell die Fans die Stücke ihrer Lieblinge auswendig konnten. Mindestens die Hälfte der Zuschauer konnte sofort mitsingen. Micki, Jerry, Lea und Sandra standen jetzt nebeneinander, legten sich die Hände gegenseitig auf die Schultern wie bei einem griechischen Volkstanz und wollten die Menge nun total anheizen. Da geschah es.

20 000 grölten gerade »Wir haben euch satt!«.

Aber von der Bühne kam nichts. Keine Stimme, die Instrumente waren nicht mehr zu hören, nur das Schlagzeug war in Bühnennähe leise wahrzunehmen.

»Verdammte Kacke! Was ist denn jetzt los?«, schrie der erste Tonmischer. Mit einem Schlag war er kalkweiß im Gesicht geworden. Doch eine Schrecksekunde durfte er sich nicht erlauben. Hastig flog sein Blick über die Regler und Knöpfe des riesenhaften Mischpults.

»Oh nein! Nicht schon wieder!«, stöhnte Mischa. Nicht nur er dachte in diesem Moment an den furchtbaren Abend, an dem sie den Wettbewerb gewonnen hatten. Aber hier in der Waldbühne gab es doch gar keine Hausmeister!

Lea blickte erwartungsvoll hinauf zum Mischpult.

Micki schaute auf ihre Managerin neben der Bühne. Unter den Profimusikern, die noch immer hinter der Bühne standen, war ebenfalls Ratlosigkeit ausgebrochen. So etwas war noch nie passiert.

Auch Jerry wusste nicht, was sie machen sollte. Sie wusste nur: Der Tonmischer würde den Zoff seines Lebens bekommen, wenn nicht innerhalb der nächsten fünf Sekunden der Ton wieder da war!

»Was ist passiert?«, fragte der Assistent des Tonmischers.

»Weiß ich doch nicht!«, blaffte der ihn an. Mit dem Finger ging er die ganze Regler-Reihe durch: Gesamt-Regelung, Mikro 1–4, Bass, E-Gitarre, Keyboard 1, Keyboard 2, Synthi, Klavier, ebenso alle Einzelteile des Schlagzeuges. »Alle Regler o. k.«, stellte er zehn Sekunden später fest. Dann ging er die einzelnen Power-Knöpfe durch. »Was ist mit den Kabeln?« Sein Assistent lag längst unter dem Mischpult, um alles zu überprüfen.

»Ich glaube es nicht!«, schrie er. Als er wieder zum Vorschein kam, starrte sein Chef ihn an, als ob er sich in den Abgründen des Kabelgewirrs in ein schleimiges Monster verwandelt hätte. Aber es war viel schlimmer: Der Tonmisch-Assistent hielt ein weiß-schwarzes, zappelndes Etwas in der Hand.

»WIE KOMMT DIE RATTE HIERHER?«, kreischte der Tonmischer. Seine Stimme überschlug sich förmlich.

»Durchgebissen!«, stellte sein Assistent apathisch fest. »Das Vieh hat das Hauptkabel am Mischer durchgebissen!«

Lea wurde von dem Irokesen nach hinten an die Bühne gewunken. Am linken Ohr hielt er ein Funkgerät. Lea sprang zu ihm heran, um sich informieren zu lassen. Dann drehte sie sich um, winkte Tina, die mittlerweile mit Lars und Tasse vorn am Bühnenrand stand, um die Bühne herum. Tina konnte erst gar nicht glauben, dass sie gemeint war. Als sie sich durch die Masse zur Seite durchdrängelte, ahnte sie bereits Schlimmes. Während sie die verschwitzten Leiber beiseite schob, um endlich in den Backstage-Bereich zu gelangen, betete sie leise vor sich hin: »Lieber Gott, lass es nicht wahr sein. Nicht Watson, bitte, bitte nicht.«

Wie das aber so ist mit Gebeten ... Kaum war Tina bei Lea und dem Irokesen angekommen, schrie sie der Irokese schon an: »DEINE VERDAMMTE RATTE!«

Tina wäre am liebsten auf der Stelle im Erdboden versunken!

Wupdich, der noch immer hinter der Bühne stand, schmunzelte amüsiert, aber auch mit ein bisschen Mitleid, in sich hinein! Wie gut, dass er keine Haustiere hatte!

Natürlich waren die Techniker währenddessen nicht untätig gewesen. Schon erschienen drei Roadies hinter der Bühne. Zwei schleppten das defekte Mischpult, setzten es einfach auf dem Sandboden ab, während der andere Watson unsanft am Schwanz hielt. Watson quiekte vor Schmerz. Jeder, der auch nur ein wenig von Ratten verstand, wusste, dass man sie niemals am Schwanz festhalten durfte. Dafür war er viel zu empfindlich.

Entsetzt rannte Tina auf den Roadie zu. »Nicht am Schwanz halten!«, schrie sie ihn an. »Das tut dem höllisch weh!«

»Na und?«, gab der Roadie flapsig zurück. »Ist das etwa deine?«

Tina nickte, nahm ihm schnell Watson aus der Hand, der sich erleichtert in Tinas sichere Obhut fallen ließ.

»Weißt du überhaupt, was dein blödes Dreckvieh angerichtet hat?«, schnauzte der Roadie Tina an.

»Lass sie!«, ging Lea dazwischen. »Das war mein Fehler. Mir ist die Ratte weggelaufen!«

Mehr konnte sie aber nicht für Tina tun, denn schon wurde sie auf die Bühne gerufen. Das Ersatzmischpult war fertig installiert, der Computer angeschlossen, der sofort seinem Programm gemäß alle Regler für das zweite Stück richtig eingestellt hatte.

Es war schon beeindruckend gewesen. Die Techniker hatten keine zehn Minuten benötigt, um ein komplettes Mischpult mitsamt den unzähligen Steckern, Kabeln und Einstellungen auszutauschen und wieder bereit für das Konzert zu sein.

Mischa und seine Band wurden furios verabschiedet. Die Profi-Musiker hatten wieder ihren Platz eingenommen und begannen mit dem nächsten Hit. Wie schon vor Leas spontaner Einlage geplant, wurde die Anlage jetzt voll aufgedreht. Die Zuschauer ließen sich sofort anstecken, wippten und sangen mit.

Das Bühnenlicht wechselte ins Dunkelblau, ein riesiger Suchscheinwerfer mit grellem, weißem Spotlight schwenkte über die Zuschauermenge, während links und rechts von der Bühne je ein blitzlichthelles, flackerndes Stroboskop-Licht die Akteure erschienen ließ wie in einem alten Stummfilm.

Hinter der Bühne nahmen die zwei Roadies das Mischpult wieder auf, um es zu einem der zehn Lastwagen zu tragen, die das Equipment der Mega-Stars von Stadt zu Stadt beförderten.

»Nimm es hochkant, das geht besser«, rief der hintere Roadie dem vorderen zu, welcher sofort die Anweisung befolgte.

Wupdich sah den beiden gedankenverloren hinterher. Zu seiner Jugendzeit hatte man während einer Wanderung seine Klampfe ausgepackt und ein paar verwegene Lieder gesungen, um sich zu amüsieren. Als dann der Rock'n' Roll aufgekommen war, hatte die gesamte Anlage der Stars auf eine Fläche von der Größe zweier Wolldecken gepasst. Heutzutage brausten die zwanzigjährigen Topstars mit zehn, fünfzehn oder zwanzig Lastkraftwagen an. Und das alles in mehrfacher Ausführung. Während Ching Chang Chong hier spielte, war eine exakt gleich große zweite Crew mit ebenfalls zehn LKWs schon in der nächsten Stadt, um das Konzert für den folgenden Tag aufzubauen. Die Crew von Berlin fuhr spätnachts nach dem Konzert gleich weiter zum übernächsten Konzert und immer so weiter. Anders war die ungeheure Menge an Technik überhaupt nicht mehr zu bewältigen.

Allein das Mischpult, das die beiden Roadies jetzt wegschleppten, war schon ein gigantisches Teil mit so vielen Knöpfen, als sei es nicht für ein Popkonzert, sondern für einen Raketenstart konstruiert worden. Und Respekt hatte auch niemand mehr. Ein kleiner Technikkasten war doch glatt mit Kaugummi an das Mischpult geklebt worden.

Wupdich war bestimmt kein Saubermann, aber das war doch wirklich eine Sauerei! Wupdich stieß den Irokesen, der zufällig ein paar Schritte neben ihm stand, an und wies ihn auf die ekelhafte Beobachtung hin.

Der Irokese sah den Roadies nach. Sofort befahl er den beiden Untergebenen zu stoppen. Dann schritt er auf das Mischpult zu und wies auf das schwarze Ding, das mit Kaugummi an die Unterseite gepappt war.

»Was soll das denn?«, fragte der Irokese.

Die Roadies betrachteten sich verblüfft das Teil, das vorher offenbar niemand bemerkt hatte. »Das gehört da gar nicht hin«, bemerkte der hintere der beiden. »Was ist denn das überhaupt?« Vorsichtig setzte er das schwere Mischpult auf dem Sandboden ab und wollte gerade mit der Hand danach tasten, als der Kommissar ihn plötzlich zurückpfiff.

»Nicht anfassen«, schrie Wupdich.

Die Hand des Roadies zuckte zurück. »Was ist denn nun los?«, fragte er verwirrt.

Wupdich schwieg. Seine Handbewegung aber machte deutlich, dass sich niemand bewegen sollte. Urplötzlich hatte den Kommissar das unheimliche Gefühl beschlichen, dass die Sache mit der Bombe doch noch nicht ausgestanden war. Nach dem Verstand war er sich vollkommen sicher gewesen, dass keine Gefahr mehr bestand. Doch als sein Blick auf dieses merkwürdige Teil am Mischpult gefallen war, hatte sich seine Intuition gemeldet, die jahrzehntelange Erfahrung seines kriminologischen Berufs, sein Instinkt, einfach das Gefühl, das erhöhte Aufmerksamkeit in ihm hervorrief.

Wupdich fischte sein Funkgerät aus den tiefen Taschen des Trenchcoats, rief den Kollegen herbei, der die Schampus-Wette verloren hatte, und ordnete an sich mindestens fünf Meter von dem Mischpult zu entfernen, das vor ihm im Sandboden lag.

Da kam der Kollege auch schon angeschlendert. Wupdich zeigte nur auf das Ding am Mischpult und fragte knapp: »Was ist das?«

Tina hatte alles mitbekommen. Auch in ihr meldete sich ein ungutes Gefühl. Es war nicht schwer, aus Wupdichs Gesicht tiefe Besorgnis herauszulesen. Tina begab sich in sichere Entfernung, winkte Tasse, Lars und Mischa herbei, die noch immer vor der Bühne gestanden hatten, und berichtete ihnen schnell, was die Polizei da trieb.

Wupdichs Kollege besah sich das lose Kabel, das aus dem schwarzen Ding herausguckte, drehte vorsichtig das Mischpult auf die andere Seite und betrachtete die Rückseite, auf der alle Stecker und Kabel ihren Eingang fanden. Auch hier nahm der Polizist ein Kabel in die Hand, das zerrissen aus der Rückwand herausragte.

»Und das hat niemand entdeckt?«, rief er verzweifelt. Aus der Hocke heraus betrachtete er Wupdich. »Ich werde genau prüfen, welche Kollegen den Bereich des Mischpults zu durchsuchen hatten«, kündigte er an. »So eine Schweinerei!«

»Was denn?«, fragte Wupdich. »Was ist das?«

»Das ist eine elektronisch gesteuerte, automatische Fernzündungsvorrichtung«, erklärte Wupdichs Kollege.

Wupdich ahnte Schlimmes, aber er wollte es zur Sicherheit aus dem Munde seines Kollegen hören.

»Die Apparatur ist hochkompliziert, das Verfahren sehr schlicht«, dozierte der Kollege, während er sich ächzend erhob und sich den schmerzenden Rücken hielt.

»Dieses kleine Teil ist mit der Steuerung des Mischpultes verbunden. Dreht man einen oder mehrere bestimmte Regler am Mischpult – sagen wir mal: den Hauptlautstärkeregler –, dann sendet diese kleine Box ein Signal zum Empfänger und ...«

»... zündet die Bombe«, ergänzte Wupdich. Er hatte begriffen. Sein Gesicht wurde blass. Also doch! Er, Wupdich, hatte Entwarnung gegeben, aber es war doch eine Bombe da. Sie war nur nicht explodiert!

Wupdich räusperte sich die trockene Kehle. »Warum ...«, stammelte er leise. »Warum hat es nicht funktioniert?«

Der Kollege tippte mit dem Fuß gegen das lockere Kabel. »Irgendjemand hat das Verbindungskabel zwischen Box und Mischpult durchgeschnitten«, erläuterte er. Er hielt einen Moment inne, überlegte und korrigierte sich: »Das heißt, dafür ist die Schnittstelle nicht glatt genug. Es sieht eher durchgerissen aus oder ...«

»... durchgebissen?«, fragte der Irokese.

Der Polizist nickte. »Aber wer sollte ...?«

Der Irokese wandte langsam den Kopf und sah genau auf Tina. Tina erschrak, merkte dann aber, dass nicht sie gemeint war, sondern ihr kleiner Freund, den sie auf dem Arm trug.

»Watson?«, staunte Wupdich. »Die Ratte hat verhindert, dass mitten in diesem Konzert die Bombe hochgegangen ist?«

Wupdichs Kollege nickte abermals. »Sieht ganz so aus!«

Wupdich atmete schwer aus, kramte das schmutzige Taschentuch hervor, wischte sich den Schweiß aus dem Gesicht und setzte sich an Ort und Stelle hin. Einfach in den Sandboden. Es war ihm schnurz. Er musste sich jetzt erstmal setzen. Er hatte wirklich schon viel in seinem Berufsleben erlebt, aber das war zu viel. Eine kleine, zahme Hausratte hatte den größten Fehler, den er je begangen hatte, eine unverzeihliche Fahrlässigkeit, ausgebügelt und damit vielleicht Hunderten Menschen das Leben gerettet.

»Es wird Zeit für meine Pensionierung!«, stöhnte Wupdich.

Niemand sagte etwas. Zu tief saß der Schock, was alles hätte passieren können. Wupdichs Kollege pulte den Sender vom Mischpult, vergewisserte sich noch einmal, dass er in diesem Zustand ungefährlich war, und steckte ihn in die Jackentasche. Dann sah er den Kommissar ernst an. Wupdich wusste sofort, was der Blick bedeutete. Die Bombe musste noch da sein! Vermutlich ungefährlich, weil der Fernzünder lahm gelegt war. Aber was hieß schon ungefährlich bei einer Bombe? Sie war scharf und musste noch immer irgendwo in Bühnennähe herumliegen.

Schlagartig wurde dies allen klar.

»Aber wir haben alles durchsucht«, behauptete Wupdichs Kollege. »Ich gebe zu, am Mischpult wurde geschlampt. Aber doch nicht an zwei Orten gleichzeitig. Außerdem habe ich die Durchsuchung im Bühnenbereich selbst geleitet. Hier ist nichts!«

»Aber da muss etwas sein«, entgegnete Wupdich.

Sein Kollege stimmte ihm zu. Es war wie verhext. Der gesamte Bühnenbereich war wirklich Zentimeter für Zentimeter abgesucht worden, ohne dass die Polizisten etwas gefunden hätten. Und doch musste irgendwo eine Bombe versteckt sein, sonst ergab die Fernsteuerung ja keinen Sinn. Außerdem konnten die Beamten unmöglich während des Konzertes die Bühne noch einmal systematisch absuchen. Solange allerdings eine Bombe existierte, gab es auch eine latente Gefahr, selbst wenn die Fernsteuerung außer Gefecht gesetzt war.

»Verflucht!«, ärgerte sich Wupdich, warf die Zigarillokippe ärgerlich auf den Sandboden und trat sie aus, als neben ihm etwas piepste.

Wupdich horchte auf. Die Erfahrung mit dem Fax war ihm eine Lehre gewesen. Deshalb blickte er sich erst einmal vorsichtig um, ehe er wieder das Schlimmste befürchtete.

Neben ihm zog Lars sein gelbes Plastik-Ei aus der Hosentasche und drückte einige Tasten.

»Was ist das denn?«, fragte Wupdich verblüfft.

Lars erklärte dem Kommissar das Tamagotchi. Als Lars

hinzufügte, dass er das Cyber-Tier jetzt mit einem Schokoriegel füttern musste, um es bei Laune zu halten, fasste sich der alte Kommissar mit der Hand an den Kopf. »Ich verstehe die Jugend nicht mehr«, gestand er sich ein. »Man stelle sich vor, ich würde meinen Fernseher füttern, nur weil darin ein Tier auf und ab springt!«

Lars lächelte ihn mitleidig an. »Gibt es doch schon«, klärte er Wupdich auf. »Das Ding heißt Fin-Fin und lebt im PC.«

Ungläubig starrte Wupdich Lars an. »Du willst mich verarschen?«, fragte er.

Lars schwor, dass er die Wahrheit sagte.

»Warum fühlt ihr Jugendlichen euch nur noch im Krach wohl?«, fragte Wupdich nach. »Meine sechzehnjährige Enkelin zum Beispiel, die hat den Fernseher laufen, gleichzeitig hört sie Musik und kann dabei sogar noch telefonieren ohne eins der Geräte leiser zu stellen. Auch hier, diese Mega-Stars. Warum müssen die lauter sein als ein startender Düsenjet? Und vorhin, als Leas Mikrofon quietschte, da dachte ich, mir fetzen die Ohren auseinander. Aber beim Publikum war nicht die geringste Reaktion zu bemerken. Die fanden das ganz normal!«

»Na gut«, mischte Mischa sich ein. »So ein Quietschen durch die Rückkopplung ist nicht gerade schön, aber man weiß ja, dass das nur ein kurzes Versehen ist. Solchen Profimischern wie denen da oben passiert das ohnehin nur sehr selten.«

Wupdich tat, als würde er verstehen. Er verstand die Jugend trotzdem nicht. Deshalb schwieg er. Sich mit dreizehnjährigen Jungs in technische Debatten zu verwickeln hatte ohnehin keinen Sinn. Sie wussten vermutlich fünfmal so viel wie er über Schwingungen, Dezibel, Klangaussteuerung und Beschallung großer Flächen.

Der Kommissar stutzte.

Schwingungen?

»Wodurch entsteht eigentlich so eine Rückkopplung?«, fragte er.

Mischa wunderte sich über die Frage, aber erklärte es dem Kommissar: »Na ja«, begann Mischa. »Es ist eine Art Kreislauf. Ein Teil eines Geräusches aus dem Lautsprecher kommt über das Mikro wieder zurück in den Verstärker, wird dort eben verstärkt, dringt aus dem Lautsprecher wieder in das Mikro und immer so weiter. Das piepst dann so laut!«

Wupdich verstand. »Und wie stellt man das ab?«, wollte er wissen.

»Zwei Möglichkeiten«, sagte ihm Mischa. »Sich vom Lautsprecher mit dem Mikro fernhalten ... oder das Mikro leiser stellen!«

»Ach so«, fasste Wupdich zusammen. »Deshalb ist das so ein seltener Fehler? Die Mischer passen auf und regeln das Mikro herunter?«

Mischa nickte. Genauso war es.

»Aber bei Lea hat es doch gepiepst!«

»Ja«, bestätigte Mischa. »Da hat der Mischer nicht aufgepasst.«

Er dachte über seine Antwort nach. Eigentlich merkwürdig. Solche Profis. So etwas passiert denen eigentlich nicht. Na ja, hin und wieder eben doch.

»Oder ...«, fügte Mischa schließlich noch hinzu.

»Ja?«, fragte Wupdich interessiert nach.

»Man hat es mit einem neuen Mikro zu tun. Eines, das man noch nicht kennt und das anders ausgesteuert werden muss.«

Wupdich schlug sich mit der Hand vor die Stirn. »Mann!«, rief er aus.

Mischa sah ihn erstaunt an.

Wupdich hatte sich aber schon seinem Kollegen zugewandt. Ein eindringlicher Blick genügte. Dann kapierte auch der Kollege, der – ohne ein weiteres Wort zu verlieren – auf der Stelle losrannte, sich hundert Meter weiter den Irokesen schnappte und energisch auf ihn einredete.

Der Irokese bekam große Augen, riss das Funkgerät hoch und gab eine schnelle Anweisung durch. Mischa und Lars beobachteten, wie sofort zwei Roadies hinter der Bühne aktiv wurden, sich durch die Lautsprecherboxen schlichen, Lea ein heimliches Zeichen gaben, die begriff und scheinbar lässig in den hinteren Bereich tänzelte.

Die Roadies tauschten blitzschnell Leas Mikro aus. Lea tänzelte wieder nach vorn auf die Bühne, einer der Roadies sprang von der Bühne herunter, reichte dem Irokesen das Mikro, der mit beiden Händen abwehrte und hektisch auf Wupdichs Kollegen zeigte. Der nahm das Mikrofon vorsichtig an sich und verschwand.

Es dauerte nicht lange, bis der Kollege wieder auftauchte, immer noch mit dem Mikrofon in der Hand, das jetzt allerdings aus zwei Teilen bestand. Der Polizist hatte es auseinander geschraubt. Stolz präsentierte er es dem Kommissar. »Du hattest Recht«, sagte er.

Wupdich runzelte die Stirn. Erleichtert atmete er aus, hielt sich die gekrümmte Hand vor die Stirn, rieb sich sorgenvoll die Augenbrauen und hauchte leise: »Die ganze Zeit hielt Lea die Bombe direkt in der Hand!«

Sein Kollege nickte zustimmend. »Schwein gehabt, dass die nicht in die Luft geflogen ist!«

Wupdich sah ihn an. »Schwein? Nein, Ratte!«, betonte er. »Wenn Watson nicht gewesen wäre ... Ich mag nicht daran denken, wie dann die ganze Geschichte ausgegangen wäre!«

Wupdich schenkte Tina, die Watson auf dem Arm hielt und streichelte, ein müdes, schwerfälliges, aber gutmütiges Lächeln. »Das ist nichts mehr für mich«, stellte der Kommissar fest. Ich lasse mich endgültig pensionieren!«

Dann griff er in die unergründlichen Tiefen seiner rechten Manteltasche, kramte ein altes Stück Schokolade hervor, hielt es der Ratte vor die Nase und sagte: »Hier, alter Junge. Heute hast du deinem Namen alle Ehre gemacht, Doktor Watson. Sherlock Holmes wäre stolz auf dich!«

Tina lächelte den Kommissar stolz an.

Watson aber kümmerte sich nicht um die schwülstigen Worte des Kommissars. Schließlich hatten alle noch kurz zuvor auf ihm herumgehackt, weil er ein Kabel durchgebissen hatte.

Watson schnappte sich die Schokolade und verschwand unter Tinas T-Shirt. Auch berühmte Ratten müssen mal ihre Ruhe haben.